یوانه نامه

聖愚者の物語

甲斐大策
Kai Daisaku

聖愚者の物語　目次

関連地図　6
まえがきに代えて　9
I
新聞売りイサア　14
小さな旅《サファル》　18
ハキムの買物　23
トラック・サライ　27
ロバ車の兄弟　31
棉打ちの娘　36
聖落書き　40
三度目の出産　44
警視ホジャ　48
行水　53
ツァプリ・カバブ　57

サライの絵師 64
国境警備隊長アリ 68

II

太鼓叩きの帰郷 78
ファティマの春 82
孫の埋葬 86
ザッフリィの日向ぼこ 90
タロカンの鍛冶屋 94
母ハンジュイ 102

III

砲刑 112
聖天馬《アスベ・ドルドル》の願い 121
ジャージィ・アリ・ヘルの屠殺者 126
タリブジャン・ナジ 132

凧揚げ 136
ババ・サルカリ 143
マン・ジャネ・ハラーバタム（吾が邪悪の地） 148
バチャ・サンギィ 159
IV
雪下し 164
国境 167
職探し 171
ザリーフの絨緞屋 176
ペシャワル 180
マンガルの族長ザイトゥン 186
露天商アリ 192
ウズベキ・ホスロー 196
ギルザイのサブズィワラ 201

「殺せ！　盗め！　攫《さら》え！」　205
糞夫　212
V
聖驢馬　218
光明の地　224
ラヒム・ガールの家族　229
木のムフタルと石のマリク　236
クチィの長老　241
水運び人足ハキム　245
ソーサケ・ハマーム　250
鳩寄せ　257
バビリィの塔　265
註　271
あとがきに代えて　288

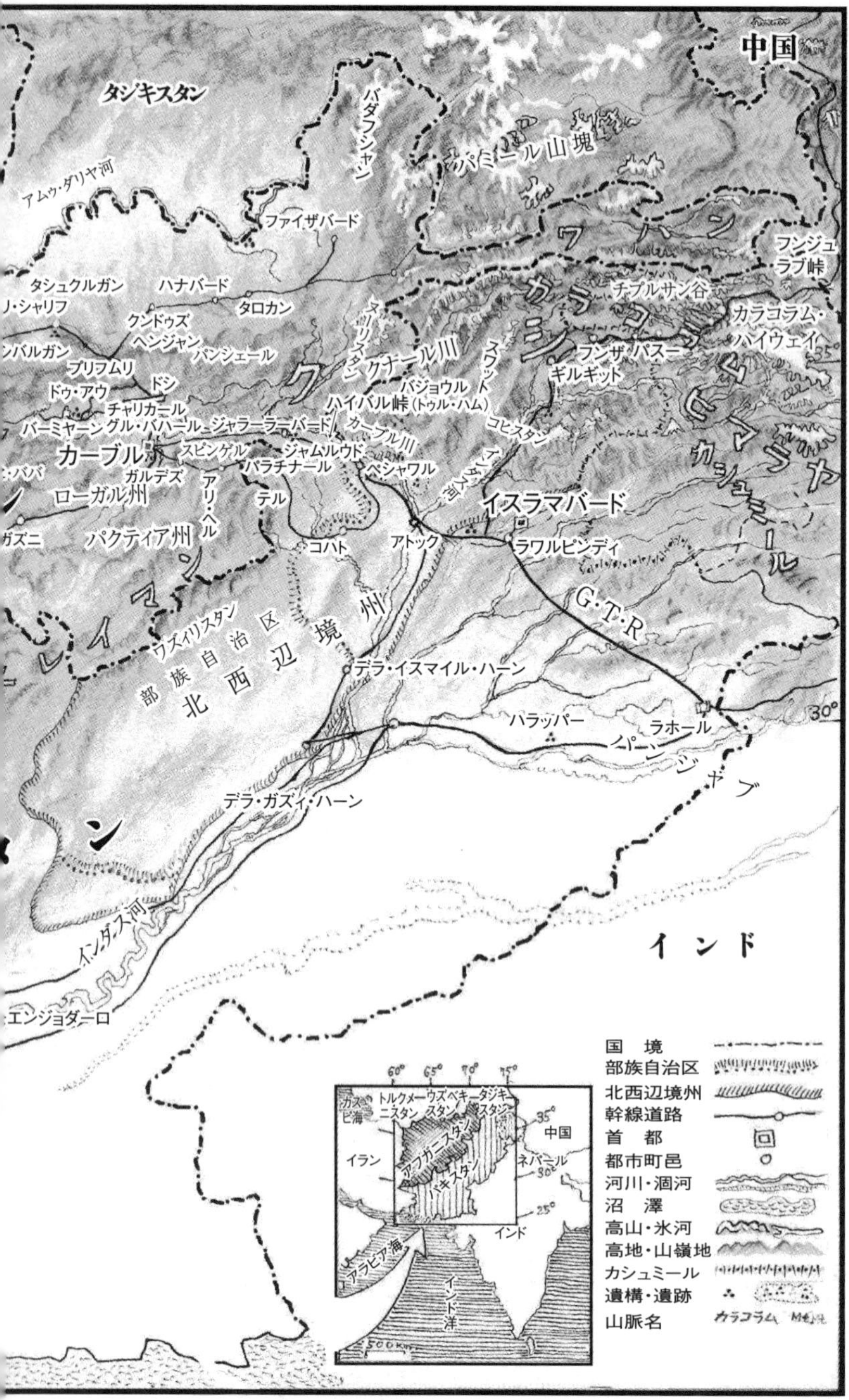
中国
タジキスタン
バダフシャン
パミール山塊
アムウ・ダリヤ河
ファイザバード
ワハン
フンジュラブ峠
タシュクルガン
ハナバード
タロカン
クンドゥズ
ヘンジャン
パンシェール
チプルサン谷
カラコラム
カラコラム・ハイウェイ
35°
ヌーリスタン
クナール川
スワット
フンザ
パスー
ギルギット
プリフムリ
ドシ
ドゥ・アウ
チャリカール
バジョウル
(トゥル・ハム)
ハイバル峠
バーミヤーン
グル・バハール
ジャラーラーバード
カーブル川
コヒスタン
ヒマラヤ
カシュミール
カーブル
スピンゲル
ジャムルウド
ペシャワル
インダス河
ガルデズ
パラチナール
アリ・ヘル
ローガル州
テル
イスラマバード
パクティア州
コハト
アトック
ラワルピンディ
G・T・R
ワズィリスタン
部族自治区
北西辺境州
デラ・イスマイル・ハーン
ハラッパー
ラホール
30°
パンジャブ
デラ・ガズィ・ハーン
インダス河
インド
60° 65° 70° 75°
カスピ海
トルクメニスタン
ウズベキスタン
タジキスタン
35°
中国
アフガニスタン
イラン
パキスタン
ネパール
30°
25°
インド
アラビア海
インド洋
500km
国境
部族自治区
北西辺境州
幹線道路
首都
都市町邑
河川・涸河
沼澤
高山・氷河
高地・山嶺地
カシュミール
遺構・遺跡
山脈名
カラコラム

آفغانستان・پاکستان
AFGHANISTAN·PAKISTAN
N↔S 100Km (南北に38%圧縮)
E↔W 100Km
トルクメニスタン
ウズベキスタ
アクチャ
N
W
E
S
35°
イラン
マイマナ
チャクチャラン
ヒンド
ヘラト
アフガニス
ギリシク
デラーム
カンダハル
カラテ・ギルサ
スピンボルダク
チャマン
30°
ヘルマンド川
クエッタ
バルチスタン
パキ
イラン
ハイデラバード
カラチ
アラビア海

表紙画・本文挿画　甲斐大策

ディワナの詩《うた》　まえがきに代えて

アフガニスタンの兄弟、パクティア州ジャージィ・アリ・ヘル村出身ドライバー、ハジ・ヌール・ムハムマド・ハーンへ。兄弟、君は今も、神の国への道を辿っているのだろうね。


身に余る重荷を背に俯《うつむ》き、細い四肢を黙々と進める驢馬。

紺碧の空の下、真紅の雛罌粟《ひなげし》が埋める平原を地平線へと連らなって往く駱駝達。

ガズニ郊外の広大な斜面を、風下へ流れる真白な土埃、その始る一点に、落穂ひとつあるとも思えない泥土の表面を掃き続ける男。

マザーリ・シャリフの霊廟前、裸足で薄氷張る泥濘を踏みしだき、高々とかかげた平太鼓を打って唄い踊る女。

ブズカシの馬群と地響きの中を逃げ惑うクンドゥズの群衆に向け、肋骨《あばらぼね》を折られ血泡を咳きこみながら魁《かい》健の笑みを努める若いチャパンダズ《騎士》。

宙に舞い朝陽に輝く氷の霧の下、鋼のように跖《あしうら》に凍てつくバーミヤーンの村道に、小さな火を焚き詩を吟じ合う凍飢の男二人。

雨とは無縁の断雲《ちぎれぐも》の下、カンダハル郊外の灼熱の大地に坐り、草の根を掘りながら、丁重な挨拶を寄越す男。

遊行僧、貧寒の窮孤、物乞い達、鶉《じゅん》衣に弊履《へいり》、襤褸《ぼろ》に裸足の姿で列を組み、神と預言者の名を記した筵《むしろ》旗掲げ、胸檄《う》ち、カランダァル《漂泊者》、カランダァルと唄い絶叫し、古都の群衆を押し分ける者達。

掘立小屋の中央に置かれた、戦場から還った若者の、血の滲む白布に包まれた胴の一部、謦《しわぶき》ひとつなくそれを囲んで坐る剛毅のパクティア・パシュトゥン達。

泥屋に穿《うが》った方形の小窓から、丘陵を埋めた夕陰が這い上って流れこむ。冥芒は初ず部屋の四隅を闇に変えた。次いで、若者達を従えて坐る族長の膝から肩、そして深窈《しんよう》の光をたたえる瞳を包んでいった。小窓が一瞬、瑠璃色の光を残していた。全てが清静の闇黒に没したパクティアの谷々。星々に浮き上る山嶺の稜線。

二〇〇〇年の初夏、兄弟を訪ねた四十日前、カーブルに埋めて欲しい、といい残して君は旅立ってしまっていた。コハトの丘の上で、血のように赤い泥と白く乾いた石に君は覆われていた。泥の盛り上りは、君の体型を偲ばせた。そこに立つケッカルの枝にくくり付けられた緑色の布が、突然吹き渡った熱風に、激しく鳴動した。

私には、兄弟が大笑したようにきこえたよ。

兄弟と旅を重ねた三十余年、訪れる先々で出会う人間や無辜《むこ》の動物に、また、高貴な闇と静寂にまで君は、「ディワナ！」と呟き、時には大声を上げていた。兄弟は、遣《や》り場のない空虚《むなし》さと腹立たしさとを優しさで覆い、「ディワナ」を、尊い愚かさとして、尊敬し愛している、とさえ見えたものだ。彼我に必ず、信を持つ魂の誇りと風韻の生命があった。

紛れもなく君自身が聖なる愚者、ディワナだった。ディワナの詩《うた》を謳《うた》い続けていた。

私はこれからも兄弟と旅した時空を訪れよう。アフガニスタンとその周辺の大地が、血を流して保ちつづける風尚の魂に接するつもりだ。

兄弟の旅の無事を信じて、良い旅を。

サファル・パハエル、ホダエ・パウマン。

二〇〇三年　初夏

アブドゥッラー・イムティアズ・ウル・ラフマン　甲斐　大策

دیوانه نامه

I

新聞売りイサァ

十九世紀末から二十世紀初頭、英国人達は、ハイバル峠の東西、既に収奪しつくした当時の英領印度の北西部側と、繰り返し植民地化を試みていたアフガニスタン側の、多くのストゥーパ（仏塔）に孔《あな》を穿《うが》ち、中心部の奉納物を持ち去った。その後、フランス隊を主とした学術的発掘が進む。

アフガニスタンの遺跡と古代文物の研究保護にあたる考古学や美術史の研究者や学徒が短期間に育つ筈もなく、また、政府による、広大な土地に無数に散在する遺構の保護監督には限界があり、やがて戦いの中に全ては置き去りにされた。

村人達が遺物の換金を考えるのに時間はかからなかった。ラホールから、ペシャワルから、パンジャブ人の仲買人が、戦いをかいくぐり買いつけに来る。重量数百キロに及ぶ遺物でさえ、

دیوانه نامه

ドバイを経由し世界のコレクターへ流れる。その最大の市場は、日本だった。

イサァ*が対人地雷を踏み右腕の肘から先と右脚の脛から下を失ったのは、五年前、村近くの遺跡に仏頭を探しにいってのことだった。

当時イサァは八歳だった。

両掌で抱えた自分の頭よりやや小さい仏頭を凝視《みつ》めながらイサァは丘を下っていた。急坂に足が滑るたび、ストゥーパから剥落した石片や煉瓦が、カラカラと乾いた音を立てた。仏頭の秀麗な顔は微笑している。唇にわずか、ほんのわずか紅が残っていた。

「母さんに似てる。」

突然、白い大地と青空が入れ換り、黄色い花に覆われたニガヨモギの草むらと陽光が交叉し、仏頭と自分の頭がひとつになったように感じた。その後の記憶はない。

その遺跡がジャラーラーバードに近かったのが幸いした。大人達は交代でイサァを背負い、病院へ走りつづけた。

襤褸《ぼろ》のようになっていた右腕・右脚は、それぞれ半ばから切断された。

イサァが病院にいる間に両親と祖父母は空爆で生命を失った。三歳の妹と二人残されたイサァは、ムッラー*・アジに伴なわれ、ペシャワルのナンガルハル州出身者難民地区へ移った。

ペシャワール、新聞売りの
'93春
大策

ムッラーはいつもいう。

「失った手足の分だけ多く、お前の心は神に満たされている。天国が約束されてるんだよ。」

午前中店の軒先を新聞売りの場として使わせてくれているシーク教徒のインド人生地屋も同じことをいう。

イサァは、一日五回のナマァズ*（礼拝）を欠かさない。

直立の姿勢に始まり、跪《ひざまず》きひれ伏し再び直立、とくり返す祈りの所作に従えないイサァは、松葉杖を脇に、坐ったまま祈る。その時イサァは天国にいったら義手と義足を貰えるのだ、と思う。

最近イサァは、売っている新聞を読めないのが口惜しくて、読み書きを習い始めた。

小さな旅《サファル》

ペシャワル市西方のアフガン難民居住区*を陽の出と共に出たマフブウブが、グランド・トランク・ロード*を十五キロ歩いて旧市街に至ったのは昼近かった。

泥屋に生まれて十年、売る側も客もアフガン難民のバザールで、にんにくの粗皮を剥《は》ぎつづけて何年になるだろう。ブルーのビニール・シートに胡座をかき、うす紫色のにんにくの、眼の高さ程も積まれた山から、一個づつ手にとっては粗皮を取り去り、ひとかけらづつにほぐす。粗皮剥ぎとはいえ、にんにくの精分は指先の皮膚から沁み入り、痛みと腫れは掌にまで拡がる。真赤になった掌を、傍らのバケツの水で洗い冷やしては再びうす紫色の山に手を伸ばす。

そんな毎日から離れ、この日は生れて初めての遠出だった。

胸をときめかせて新市街、サダル・バザールに入ったものの、街頭でナイフを売る少年や車の窓を拭く少年達の、鋭く大人びた視線に睨まれ、立ちすくみ怯えた。彼等もまたアフガン難民、と直感的に判ったが、マフブウブの住む地区では見ない顔だった。

鉄道を跨ぐ陸橋の上から、初めてペシャワル砦を眺めた。陸橋下の鉄路は、この十年起居してきた泥屋の彼方に、毎日遠望してきた鉄路につづいている、と気づいた。陸橋の右方に、ジャムルウド砦まで走っているのと同じ型の車輌が停めてあったからである。

大工の祖父と父には、パキスタン側で送る難民生活の中にも下請けの仕事があった。その中には、アフガニスタンの政権を手にした新興勢力の幹部が住む豪邸の新築工事も少なくなかった。

現場に横たわるパクティア*の、一辺が三十センチを上廻る松材を撫で、顔を寄せながら祖父は、呪詛をとなえるように呟いていた。

「この樹の香りは、ここに住む奴のためのものじゃない。神がアフガニスタンに与えられた樹だ。アッラーフ……。」

カーブルの政権を手にした勢力への思いは別として、一応の平和のニュースが伝えられる故郷への帰還を考える祖父はある日、これからの日々のナンは新しい歯で、と義歯を発注した。中国の陶製義歯が、パキスタン製の数倍高価ながら格段にいい、とのことで、それを注文したのだった。そして二日前、義歯完成の日、旧市街へ向うバスの停留所近くでトラックに接触し、祖父は急逝した。

父は、祖父の遺体をカーブル*へ、と望んだ。

かつて荒地でしかなかった土地に難民が住みつき、年々巨大化し、そこへ商業区や住宅の開発が隣接するようになった。二十数年に及ぶ隣国の戦乱で、国境の街ペシャワルは活性化し、人口は増大した。

難民地区にとって、墓地は、年を追って切実な問題となってきた。

ペシャワル近郊の難民集落では、死者のための土地を確保出来る筈もなく、永眠した者がチャール・パイ*（木製ベッド）で近くの墓地へ運ばれる野辺の送りなど望むべくもないのだった。

埋葬を待つ遺体が無残な姿になるのを少しでも人目から遠ざけようと、従来、庶民レベルのイスラムの葬送には用いられなかった棺が見られるようになった。

粗末なポプラ材を用いてではあったが、父が棺を造った。

しかしカーブルまでの遺体搬送は余りにも高価だった。家族が半年生活する費用に等しかった。

泥屋内の四十度を超す気温と七十パーセントを上回る湿度の中、祖父の遺体は膨張し、ポプラ材の棺では腐臭を防ぎ切れなくなっていた。早急な埋葬が必要だった。

地区の役人や地主に手を廻し、相当な出費を迫られて埋葬地が決った。

「ババ*には歯を入れてやろう。マフブウブ、受取りに行ってくれ。」

カーブリ・ゲイト近くの義歯屋では、使用人が、主人の中食の間、待てという。

入口に腰かけたマフブウブの前に、コラァ*（帽子）売りの少年が立った。二年前まで同じ集落にいた一歳下のジャマルだった。握手を求め、一端《いっぱし》の挨拶を口にする。

「サラーム*、マフブウブ。お父さんは元気？　お母さんは？　……え？　ババが死んだ？　それはどうも。神のお恵みを、アッラーフ・アクバル。ところで冷たいスプライトをどう？　おごるから。……。」

二人で一本のスプライトを飲み交わす。

「アジ・ハーンのつかいはあんたか？　領収書を……。」

背後に立っていた義歯屋は、マフブウブが示す領収書を一瞥すると、一組の義歯を入れたビニール袋を差出した。

アザーン*（祈りを誘う詠唱）が流れる空を鳶が舞う。

幼い友人二人は再会を約し、大人びた抱擁を交わす。袋の中の義歯がかたりと音を立て、マフブウブを急き立てた。

ハキムの買物

街中のスピーカーから日没前のアザーン（祈りを誘う詠唱）が湧き上る。

菓子箱を抱いたハキムは、ペシャワル旧市街金市場近くの祠のへりに、老いた鳶のようにしゃがみ、アテル（香油）の銘柄を店主の老人にどうたずねたものか必死で考えていた。

ハキムは、昼過ぎから香油屋の前を往ったり来たりしていた。通り過ぎるたび、店内の暗がりに蛍光灯の光を映す無数のアテルの瓶が見え、それ等の前に立つ老人の白銀の髯《あごひげ》も見えた。

二十二歳のハキムが、ペシャワル北西の難民地区で、同じ地区育ちの十七歳の娘を娶《めと》ったのは七日前だった。

顔は丸で見れなかった。ムッラー（導師）が読むクラァーンに唱和しながら、心臓の鼓動ひとつ打つたびに自分の妻となってゆく娘の、真鍮や銀の飾りや鎖や腕輪・指輪に包まれ、ヘンナ*で染まった小さな手が小刻みに震え、ガラスの模造石をきらめかせながら、チャリチャリと鳴るのは見た。

お互いの顔を、二人の前に立てられた鏡の中に初見する、という儀式の時でさえ、娘の顔は、幾重にも頭部を覆った飾り布の下の小さな闇に隠れ、わずかに鼻の頭と、金の鼻輪の光を見ただけだった。

ハキム自身、鏡の中を探って娘の顔を見てやろう、といった精神状態ではなかった。心臓は割れそうだったし、息は上っていた。深呼吸しようにも、空気が胸に届かないのだった。二人とも、いつ倒れてもおかしくない状態だった。

この娘は私の妻だ、私の妻だ、私の妻だ……生涯、神に認められた夫婦として生きていく……この妻に何か不幸がある、など許さない、この妻に害を及ぼす者は、必ず殺す、必ず殺す……妻を私は護る……ハキムの頭の中は、妻を得て始まる新しい世界への思いと、傍らで震えている娘への愛おしさで、燃えたぎっていた。

昨夜も新妻は、塗って半月も経たない壁から湿った泥が匂う部屋の隅に蹲《うずくま》り、褥《しとね》には決して近づこうとしなかった。式以来ハキムは、妻に触れるどころか、まともに顔も見れず、語り合うこともなかった。

دیوانه نامه

何か欲しいものは、とたずねた時だけ、妻は、辛うじて聞こえる小声でいった。

「ピンクのクリーム・ケーキ。」

新居に据えた韓国製テレビで、クリスマスにまつわるシーンを見たからに違いなかった。イサァ（イエス）を、偉大な預言者のひとりと信じるハキムは、その生誕を祝い、妻が和むのならケーキもいい、と思った。

朝陽を浴びてスレイマンの嶺々の雪を眺めるハキムに声をかけたのは、ハキムを一人前のドライバーに育てたヌール・ババだった。

「ハーノム（奥さん）は、ここから出たことのないビビ（娘さん）だ、じっくり待ってやれ。今はまだ、何もかも怖いんだよ。アテル（香油）が一番だ。心を柔らかくする。暖かい部屋を甘い香りと優しい歌で一杯にしろ。ヒンドゥーの歌姫のカセットテープ届けようか……。」

ヌール・ババのいう甘い香りのアテル、それしかない、とハキムは思い到った。

香油屋の老人には、胸を張ってシリンタリン（最も甘い）アテルを大瓶でひとつ、と云おうと決め立ち上った。

茜色の夕空を烏が群れて西へ向う。あの方角に愛しい妻が待っている。心が決まるとハキムは早足になり、雑踏をかき分け、香油屋へ急いだ。

トラック・サライ

昼過ぎから描いていた官能的な美女の眼が完成した。ラフマンは茶にしようと決め、弟子の少年に声をかけた。

アフガニスタン西端の古都ヘラトからまだ八、九歳だったラフマンがこのトラック・サライ*に現れたのは十年ほど前である。当時はまだ、英国式の名残りで、ローリィ・サライと呼ばれていたが、年々、アメリカ式に「トラック」の語が普及し、最近ではトラック・サライと呼ぶ者が多い。

ヘラトで青い硝子壺を作っていた祖父の工房で、ラフマンは幼時から鞴《ふいご》を手伝っていた。炉の小爆発で眼を傷めたラフマンを祖父は、片時も傍らから離さなかった。

戦乱時の空爆はラフマンから全ての身内を奪う。

ヘラトからカンダハルへ、そしてカーブルに入り、そこで東へ向うパシュトゥン*のグループに加わり、難民のひとりとなってペシャワルへ千三百余キロ、一年をかけた旅だった。ラフマン自身が、あの旅は現実だったのか、と今も生きていることが信じ難い過酷な一年だった。

ラフマンは、ペシャワルでペンキ屋を営んでいる、ときいた叔父を頼っての旅だった。尋ね尋ねて見出したペンキ屋には、縁もゆかりもない他人がいた。叔父のことは知らない、といった。

ヘラトから、西へ向えば、百二十数キロでイランに到る。しかし、ラフマンが西へ向った場合、とても生きてはいけない現実があった。イスラム・シアー*を国教とするイランへ逃れるのは、同派の蒙古系ハザラ*かタジク*である。

十倍以上の距離と百倍以上の生命がけの労苦を支払い東へ、ペシャワルへ逃れて来たラフマンに、ペンキ屋の主人は理解を示した。

ペンキ屋の主人は、ラフマンをサライの親方に紹介、ローリィ（トラック）に絵を描く生活が始まった。何はともあれ、ペシャワルで生き延びる場を得たのは神の助け、としか思えなかった。

筆洗いや下塗りの徒弟を五、六年やったある日、ラフマンが描いた女の顔は親方を驚かせる。

「どこで絵を習った？　私はこういう女の絵は描かないが……。」

誰に見せるでもなく祖父が、オマル・ハイヤムのルパイヤート*（五行詩）の一節などを秘かにミナカリ（細密画、ミニアチュール*）風に描いて楽しむのをラフマンは飽きもせず眺めていたものである。そんなペルシア風の絵の空気がラフマンに伝わっていたのかも知れない。

炉の中で白熱して光る硝子が、祖父の吹く管の先で脹らみながら朱色に、そして青色に変わる、瞼の裏に残るそんな色をラフマンは、いつもペシャワルの夕空に見るのだった。

ラフマンの視力は年々弱まっている。いつまで描けるのか、ヘラトを再見する日はあるのか、インシャ・アッラー*、ラフマンは、ヘラトで城壁の彼方に見ていた青空とヘラト硝子のブルー、そしてペシャワルの夕暮れの空の朱色が自分から消えることはない、と信じている。

眼を閉じるとヘラトの空とペシャワルの空が重なって見える。その瞼の裏の空を、何千羽もの鳥が横切っていくのだった。

ロバ車の兄弟

アーシュラー*の朝、兄弟のロバ車に、前日の予約でレーマン（ラフマン）・ババ*廟往復の客があった。地主の息子夫婦である。

「うちの土地の小麦と砂糖黍の具合もゆっくり見たいし、マスジッド（聖廟）の帰りに寄ってくれるか……。」

地主の息子は、洗いおろしに糊とアイロンのきいた純白のシャルワル・カミース*をひるがえし、懐から金を取り出した。

「聖なる日のバクシーシ*（喜捨、チップ）だ……。」

「メラバーニ、サーブ（有難う、旦那さん）。」

パンジャブから来たという、評判の美しい若妻は、ただ微笑していた。

地主の家には乗用車が二台ある。この日、若夫婦は、わざわざロバ車に揺られ、メーラァ（ピクニック）気分なのに違いなかった。

若妻からは、甘いアテル（香油）が香り、両手首に十数本づつ重ねた金の腕輪が光りを飛ばしながら小さく鳴る。

兄弟は、車上に並んで坐った二人を、映画の看板のようだ、と思った。

十四歳の兄が手綱をとり、十二歳の弟は小走りに車を追った。


兄弟の父は、アフガニスタン東部山中、ジャラーラーバード北方ダライ・ヌールの出身である。

少数派のヌリスタン*系難民は、巨大難民地区を避ける。というより、地区内に出身地域と、民族は勿論、部族の系譜によってまで住み分け、アフガニスタン国内の都市にあった居住区以上に厳しく、閉鎖的な社会を生んでいる。

一家が住んだのは、ペシャワル東郊外の農家の一隅である。長女と兄弟はそこで生まれた。

六年前、一家は、ロバ荷車組合への登録証附きでロバと車を購入、父の心臓病もあり、支払いはまだまだ先へつづく。

負債のない難民はいない。発作の度に父はそれを気にし、遺体は山へ還してくれ、という。

この朝も兄弟は、父の寝息に安堵してから家を出たのだった。

「ハガホウェイ……、チャ・ファルハド・ガワンディ……（愛を深める者、心を掘り下げる者ファルハドに似て、どうして眠りがあろうか……）。」

若い夫は、荷台の軋みと鈴の音に重ね、ババの詩を口ずさむ。十七世紀、スーフィズム*の香る愛を謳ったパシュトゥン詩人のレーマン・ババは、〝ペシャワルのボルボル（夜鳴鶯）〟と人人に慕われてきた。

兄弟は詩*を理解出来ない。ペルシャ人ファルハドと、捕われのアルメニア王女シーリンの悲恋譚を知る筈もない。それでも二人には、麦秋の畑地を渡ってくる灼熱を孕んだ風の中の詩句が嬉しかった。この日の収入は、バス発着所で、たかだか数百メートルの荷物運びをくり返す日々の半月分に近い。

帰路、父の好物のサムサ*を買う、と二人は決めていた。

その店は、ペシャワル旧市街の東寄り、グランド・トランク・ロードに面した、バスターミナルの筋向いにある。揚げ油の香りだけは、これまで充分に吸っていた。買うのは初めてである。

廟の外で夫婦を待ちながら、兄弟が小瓶の細い口を唇にあて、露をなめる虫のように薄荷《ハッカ》入りの黄色い砂糖水を楽しんでいる頃、目を見開きのけぞって息絶えている父に気附いた姉は、

2000.6.20

دیوانه نامه

泣きじゃくりながら農道を走り、街道へ向かっていた。

棉打ちの娘

納屋の外へでたヤスミン*は、白い陽光に打ち倒されるような感じを受けた。それは過去に経験したことのない感覚だった。ぶどう棚や土塀越しに拡がる低い丘の連らなりが、初めての風景に見える。

夜明け直後から全身に混乱が満ち満ちていた。

……ブン……ブン……ブン……ブン……ブン……ブン……

地平線まで続く草原に中庭が接するあたり、低い泥塀が申し訳のように築かれている。その少し手前で、棉打ち弓*の弦の音がする。もの心ついた頃から、日々の暮しの一部になっていた軽やかな音も、この日は全身に重く響く。

ヤスミンの誕生と入れかわりに世を去った母は、美しいタジク女性だった、と多くの女たちがいう。二人の兄は、カーブルへ出て五年、消息がない。

父は、棉打ち弓を肩に、幼いヤスミンの手をひき、北部棉作地帯の実りと収穫の情報に沿って旅をしてきた。

棉花の収穫期、二、三メートルもの高さと巾をもつ粗布で包んだ棉花の袋を背に二つ積んだ駱駝が、棉畑の外れをゆるりゆるりと歩き、首の大きな鐘がグァーン、グァーンと鳴っていた。畑では、棉花摘みのトルクメン*の女達が赤い衣を風になびかせ、笑い声と歌声が空高く囀る小鳥の声と重なっていた。そんな風景は、王政が終る頃からめっきり減った。農事運搬車が曳く箱型の荷車に棉の花は積まれ、行く先は農家の庭ではなく工場である。近年電動式の棉打ち機を備えた工場が増え、父の仕事は激減していた。

この四日、父は母の遠縁にあたる地主の家の棉花を弾《はじ》いている。少々質の低い花ではあったが、地主が父のために残しておいてくれたのだった。

陽が高くなっても納屋から現れないヤスミンを気づかい、地主の妻が覗きにきた。寝床に蹲《うずくま》っているヤスミンをひと眼見ただけで地主の妻は微笑んだ。

「……ああ、そうだったの、ヤスミン。泣かないでいいのよ、大丈夫。その血は心配しないでいいわ、私の部屋できれいにしましょう、着替えを上げるから……。それがすんだら、ドクタル（医師）がもってるハリジ（外国）の棉がいいんだけどここにはないから、清潔な花をもっていらっしゃい。そのあとは教えてあげる。……本当に大丈夫、パーダル（父さん）には私がいっておくわ……。」

昨日までは、駱駝の背から下ろしたばかりの棉花の山に身を投げ出し、首筋を刺す小枝や父が叱る声さえ嬉しく、初冬の陽光の暖かさや匂いに埋もれたものだった。

ヤスミンは、父の背後の棉花の山へそろそろと寄っていった。

聖落書き

ペシャワルの南七十キロ余、コハトから右折西行してハングー、テル、パラチナールへ到り、ピーワル峠を経てアフガニスタン、パクティアへ通じる街道は古来、ハイバル峠経由の表街道に対し、スピンゲル*山塊を挟んで裏街道の役を果たしてきた。

一帯には、パシュトゥンに世界では極少数派のシアーの部族も混在、アフガニスタン・パキスタン国境に無数にある峠と間道の中で最重要な密輸ルートであることと共に、緊張が恒常化している。その緊張を快いと感じる者はいないが、二つの国に股がるパシュトゥン世界に古来漲る力と部族固有の文化を護り保つ働きをしてきたのも確かである。

ペシャワル峡谷から一帯の気候は、湿度と温度が極端に高い。スレイマン山脈を長大な踏み台として高地アフガニスタンに接する、インド亜大陸西端の、いわば吹き溜りなのだった。

それは暑熱と湿度に限らず民族的にも、西から来た人々も東から来た人々も先へは行けずここにとどまるしかない歴史を重ねた。人々についてもまた吹き溜りの地域といえるのだった。一九二〇年代、後の国王ナーディル・ハーン将軍は、アフガニスタン側、パクティアのジャージィ・アリ・ヘル村に本陣を置き、一帯のパシュトゥン連合戦士団と共に、英印軍をスレイマン山脈の東側へ追い落とした。

コハト西南方二十キロ、スレイマン山脈から張り出した大地は、西から東へ視界一杯に大きく傾いている。煉瓦くずを撒いたように赤茶けた大地からさらに数十メートル高まった丘がある。

丘の上にババ・サブリの遺骸を祠る廟がある。

十九世紀初頭、英印軍に抵抗したトゥリ族系パシュトゥンを率いた族長である。街道往来の人々は、丘直下の泉と共に、尊崇の念を寄せてきた。パラチナールへ向う車輌は、泉の脇で五、六秒間徐行し、ラジオやカセットの音楽は切り、ドライバーや乗客は短い祈りを捧げる。二十歳の長兄サブリを頭に五人の兄弟達は、徐行する車に駆け寄り併走しながら、土埃で真白な車窓に、泉の水でぬらした指をあて、素早く文字を書く。

ヤァ・アッラー（神の下に）またはヤァ・ムハムマド*、ヤァ・アリー*と、〝聖なる落書き〟

1999春

を四人の兄達が書く。その間、九歳の末弟は、運転席のすぐ横をひた走り、ドライバーに手をさし伸べ、何がしかのバクシーシ（喜捨、チップ）を受けてきた。

朝から土砂降りのこの日、往来の車の窓に埃はなかった。長兄と次男、三男は半年振りにペシャワルへ出掛け、映画を見るつもりである。

北の方で稲妻が光り、雷鳴が轟き、雨足が激しくなった。

三人は雨水が衣服を透して全身を流れるのも構わず、街道を跳ねるように歩きながら、一台のトラックにわたりをつけ、後部の踏み台に飛び乗った。

街へ行けない口惜しさに、十歳の四男が街道中央の水溜りに全身を投げ出し、泥色の飛沫を上げのたうちまわって泣き喚く。末弟は立ったまま泣きじゃくる。

「家へ帰ってろ！」

真顔で怒鳴る長兄の声にかぶせ、次男ハッサンが笑いながら叫ぶ。

「ずうっとそうやってろ！　泥になるまでやってろ……！」

煙る雨足に消えていく幼い弟たちから視線を外らし、三男はサブリの方を見た。長兄の表情は変らなかった。

三度目の出産

トゥルゲル丘陵からペシャワル市西方二十キロ、ダルワザ村へつづく斜面にアフガン難民の集落がある。

集落外れの耕しただけで何も植えていない畑地を、ひとりの男が右へ左へ走りまわる。出稼ぎ先のドバイから数日前戻ったカランダル・ハーンだった。

一旦戻れば、改めて三千ドル近い金を用意するか、前借を覚悟しないと次の湾岸への出稼ぎは出来ない。出国手続き、渡航費、就労許可、働き口等々、全てを仲介する者にそれだけの支払いが必要なのだった。しかしカランダル・ハーンは妻の出産に立ち会うため帰って来た。

何か盗んで追われる時、または盗んだ者を追う時くらいしか走らないアフガンである、深夜のそんな姿を不審がる村人が銃撃してもおかしくはなかった。

しかし、この夜のこの男の騒ぎが何であるかは、集落の誰もが知っていた。降ったり止んだりをくり返す度、雨足が密になってくる。しかし西方の空には湿気に滲む星がいくつか見え、朱色の満月が傾き始めた。

トゥルゲル上方を縦横に走る稲妻が、天の東半分の雲の輪郭を見せ、村を囲む長い泥塀やユーカリの林を青白く浮き上がらせた。それを合図のように激しい雨がやってきた。カランダル・ハーンは、再びの悲しい出産だったら、そしてあの美しく優しい妻にもしものことが、と思うとただただ混乱した。妻が産気づいた夜半から外を走りまわっていた。

街の医師を呼ぶ伝《つて》も金もない。そのことを恨む思いは初めからない。

男は外へ、と三人の未亡人が合唱するように怒鳴り、カランダル・ハーンは既に降り始めていた雨中に叩き出されたのだった。

妻は、二度の死産を経て、今、三度目の出産である。カランダル・ハーンは、ことばにならない、雄叫びにも聞こえる声を上げ、ただ走りまわる。声をかぎりに泣き、神をたたえることばを叫んでいた。

「アッラーフ・アクバル（神は偉大なり）、アッラーフ・アクバル、アッラーフ……！」

闇に沈んだ集落の中に一棟だけ小さな窓から明りがもれ、人影があわただしく横切る。中で

は、長老の妻の指示で、一族の女達が忙しく動いていた。

激しい降りがくり返し波状にやってくる中、とりわけ雨粒の大きな重い雨足が密度濃く一帯を包み、すぐ近くに落雷した。

カランダル・ハーンは地面に膝をつくと、両手を前に伸ばし、上半身を折り、撥《は》ねる雨足と泥水で泡立つぬかるみに顔から突っこんでいった。

手足を伸ばして全身を投地したカランダル・ハーンは、完全に雨足の中に沈んだ。

女がひとり、雨と水煙の中に駆け出してきて何か叫ぶ。

カランダル・ハーンは気づかない。まして泥屋の奥ではじけるように響いた産声が、滝壷の中にいるような男の耳に届くはずもないのだった。

雷鳴が東へ移り、変らず雨足は激しいが少しづつ弱まっていた。西方の雲にわずかな切れ目が生れ、沈みかける満月が一瞬姿を現わした。

再び立ち上ったカランダル・ハーンは、両手を突き上げ顔を天に向け泥濘の中を右へ左へと走りつづけた。

警視ホジャ

ハイバル*峠東側の大部族アフリディ*出身ではあっても、何代もペシャワルに生きてきた一家の血をひく警視ホジャは、出身部族を尋ねられると、ペシャワリと返事をする。警視に流れるアフリディの血は、祖父の代からペシャワルの空気と一体となり、とりたててアフリディを自分から名乗ることはなくなっていた。アフリディに限らず、他の大部族、ユスフザイ*やハタック*出身者達でも、ペシャワルに代々住んできた人々は、ペシャワリを名乗ることが多くなっている。

警視は、露天商達に家族同然の愛情を抱きつづけてきた。白檀の小さな櫛で髭《あごひげ》を整えながら巡邏をしていても最近は、砦の下を通るたび心が閉ざされてしまった気分である。

王の伝説や大盗賊の物語を唄い語る者達が住んでいたのは数世紀前、今は砦下西側の大通りに「キッサハワニ（講釈師の家並み）」の名を残すだけである。しかし、露天商がいた頃は、語りを専業とする者がいなくても、歌と物語が通りに溢れていた。

生薬、合成香油、強壮用トカゲ、毛生え薬、義眼、義手、義肢、入れ歯、つけ髭、刺青具、呪術用骨片、使い古しの注射器、錆びた手術用具、空瓶、イスラム聖地絵札、印度女優ブロマイド、靴下、古着、物差し、古ボタン、偽のセラジット*（薬用石）、貴石指輪、帽子類、ヘンナ、スルマ*（眼薬）、ナスワル*（含み莨《たばこ》）……そして、人々の会話があった。

人々は出会いと別れに抱擁を交わしてきた。正邪、真贋、全ては神の名の下に、ペシャワルの一部として等価値だった。

高等教育を終えた同輩達の多くがイスラマバードで官僚への道を選んだり商売に専念したりするのを、若い日のホジャはいくらかの怒りと淋しさと共に眺めた。

「何故ペシャワルに残らない？」

ホジャは極く自然にペシャワルでの警官生活を選んだのだった。

北西辺境州*政府が露天商達を〝清掃〟にかかったこの二、三年、残照の中を揺れ動く人々の影は減ってしまった。警視となって部下を率いるホジャだったが、歩き易くなった歩道を、心に穴があいたような気持で巡邏してきたこの十年である。

「いいか、クゥツァ・サウダガール（露天商）は、汚い。悪いこともする。歩道の邪魔にもなる。だがな……、どの位汚い？　どれ程悪人なんだ？　どれだけ邪魔になってる？　俺達の仕事は、サウダガール同士のもめごとを収めりゃいいんだ。それから、アフガニスタンのもめごと持ちこんでる奴についちゃ、公安にまかせておけ、いいな、そいつ等には手をだすな。」

警視は部下に、毎日、遠廻しに露天商の保護を語ってきた。

洋式の歯ブラシで磨いた後、口の周辺に附いた歯磨粉やペーストを拭いたり洗ったりすることで髭が傷つくと信じる警視にとって、難民の兄弟の商う歯磨き用小枝は欠かせない。もう何年も警視は、ケッカル*の小枝を売る幼い者達の露店をさり気なく護ってやり、一番の得意客でもある。

「サラーム、ホジャさん！」

「やァ、サラーム。どうだ、今日の商売は？　そうだ、ひと束貰っておこう。」

「メラバァニィ、ホジャさん。お茶、如何ですか？」

八歳程の弟の方が茶の出前を頼もうとする。警視は微笑し、小銭をポケットから出した。

「いいよ、俺が出す。三人分持ってきてもらえ。」

パシュトゥン文学の高揚を熱狂的に説くハジ・ドスト・ハーン老人の書店には、最近、誰も近寄らない。警視永年の友である老人もまた、兄弟をひっそりと応援する一人であり、店頭の

ANK PAK

一部を兄弟の自由にさせている。

警視は書店で茶を馳走になるつもりでやってきたが、老人はぶ厚い本を抱いたまま午睡していた。

三人は書店前の石段に列んで腰を下ろした。

行水

午後の驟雨を吸った地表に蒸気が漂う。茜色を残す西の空を稲妻が走った。

東の塔屋に真紅の満月が懸かり、谷の上方へ高まっていく。

ミハクの心に、生まれ育ったバーミヤーンが甦る。〝コー・ヒ・ババ（父なる嶺）〟を想い出す。

嫁ぎ先のグル家の一党と共にミハクが、パキスタン側バジョウル南の難民居住区へ移ってきたのは、二十年近く前だった。

ユスフザイの地主は、拡大した運送業に、タジクの血を承知でグル一族の男達を用いてきた。

かつて北部からカーブルにかけてのタジク商人の活躍は、〝アフガニスタンのユダヤ〟と陰口を叩かれる程に目立っていた。

しかし、アフガニスタン側タジクにしても、ワヒィ*と総称されるバダフシャンからワハン回廊に生きる人々、バーミヤーン界隈で、蒙古系ハザラと共存し、ささやかな山間農業に生きる人々、また、チャリカール盆地に大地主と小作人の関係で生きる人々、そして、パンシェール渓谷の奥深くまで半農半牧に生きて、パンシェーリと呼ばれる人々と融合している人々、カーブルで商民として活躍するだけでなく、国際的な商業活動に生きる人々、と貌々《さまざま》なタジクがいる。

一般に都市部で接するタジクの人々は、子弟の教育に熱心であり、容易にペルシャ系の血をうかがわせる物腰の柔らかさと容貌の優雅さから、アフガニスタンの他民族とはおもむきを異にする。特に、尚武を誇り剛気に生きようとするパシュトゥンとは、どうしても対照的に見られがちなのだった。

カラコラム・ハイウェイ*に沿い、地主の事業はタシュクルガンからホータンへ、中国、タジク民族自治区にまで伸びていた。そんな中国側タジクが商売の対象になることは殆どなかったが、少なくとも、タジクを利に聡く信を置けない人々、と決めてかかるような偏見は、地主から消えていた。

地主は、山のタジク達に、生きる道を必死で求める正直さと秀れた能力を認めたのだった。

ミハクは今、六家族が暮す小さな〝カラ（砦）〟*の男達の留守を預る頭領である。

中庭中央に突き出た岩に腰を下ろし、ミハクは、胸のフックを外したペラハン（上着）*を躊躇なく腰へ落とした。純白の豊かな上半身が夕闇に浮かび上る。

掌にとったバケツの水で髪を湿すミハクの頭に、後から伸びた手が触れた。髪をかき分けた指が頭皮を揉む。

ミハクは、ペラハンを膝に抱いてうつ向き、無言である。その手の主は長男の嫁ライラ、とわかっていた。

老若八人の女達と幼い者達の笑い声が庭一杯にはじけ、深さを増していく闇に大小の裸身が揺れる。あちこちで行水が始まった。

頭を揺すって濡れた髪を振りほどきながら、ミハクは深く息を吸い、胸を張って立った。そこにパシュトゥンの軒を借りて生きる難民の卑屈さは微塵もなく、二十年を定住してきた自信が溢れていた。

カラの内側は、完全に、この家の女達の解放区である。

山羊の糞と石鹸とナン窯の残り火がにおう。

星がまたたき始めた。

ツァプリ・カバブ

「ドーディ*持っていくといい………ドレェ・ドーディ・ラオ！」

ガイライト・ハーンは、ピール・ムハムマドの背中に声を掛け、ひと呼吸おいて店の奥へ大声で三枚のドーディを持ってくるよう怒鳴った。

箱の底に手を当て、すでに道路の中央まで歩き出していたピールは、微笑みながら戻ってきた。

「メラバァニ、その方が熱いのを持っていける……。」

「ああ……、ほれ、ドーディ。奥さんとお嬢さんによろしくな。」

黒の背広に濃いグレーのシャルワル・カミース姿の空港保安部長は、赤白チェックの化粧箱を三枚のドーディに載せ、捧げ持った。

痩せた長身をやや前にかがめ、道の反対側に停めた車へ歩く。

入口脇の手洗いで、手指の脂を丁寧に洗い落している、ハングーの長老警護の男が声を掛けた。

「あれはピールだろう。そろそろ停年だと思ったが……。」

「ああ、今日は娘さんの誕生日だといったが、家族で退職の祝いらしい。今年はマッカへ行く、といってたし、……そうか、あんたも保安局にいたんだ……。」

ハングーの長老が出て来た。

ガイライトは、右手を丁重に左胸に当て、その手の肘に左手を添えて差し出す。長老は、ガイライトの脂だらけの掌の上、手首を軽く握る。

「いやぁ、美味かった。またな、ガイライト・ハーン。ホダエ・パウマン。」

ガイライトは、二十年前の夏のある日を想い出していた。あの日と全てが同じだ。変ったのは、五分刈りのピールの頭がグレーになり、自分が父とそっくりに肥ったこと位か、と思う。

ラジオは、ペシャワル一帯の死亡告示の後、天気概況を伝える。これも二十年前と変らない。

「今日の最高気温は、摂氏四十一度、最低気温は……。」

一九八二年、連日万単位で流入するアフガン難民は、ペシャワルに混乱と活況をもたらしていた。ムジャヒディン*（イスラム聖戦士）の派閥は、それぞれの姿勢を明確に顕わし、各派の思惑と利害や抗争の図式がペシャワルに投影し始めていた。

そんな年の夏のある日、公安部長刑事ラシッドが、ツァプリ・カバブ*を十個、それも美しい箱に詰めてくれ、といってきた。当時、化粧箱は用意していなかった。店の少年がパン屋へ走り、ケーキ用の赤白チェックの箱を求めてきた。

妙に落ち着かないラシッドにわけを尋ねると、鋭い眼つきは変らないのだが、困惑した表情を見せ、短身で小肥りの身体をすくめてみせる。

「これを持っていって、勘弁して貰うしかない……。」

あるイタリア人父娘への謝罪だという。

アフガニスタンへのソ連軍侵攻から三年目、エジプトの大統領暗殺、イランのイスラム革命、そしてイラン・イラク戦争、とイスラム世界は大きく変動し始めていた。パキスタンは、ズィアウル・ハク大統領三年目の親アフガン難民対策、イスラム原理主義者警戒、という時期だった。

ペシャワルは過敏になっていた。国連職員も含め、全ての外国人長期滞在者には、公安部の尾行がついていた。

折も折、この一ヶ月近くホテル・ディーンズに滞在し、トラック・ドライバーと接触をくり返し、部屋には夜毎パクティアのムジャヒディンが五人、六人と出入りし、またローリィ（トラック）・サライにも日参するイタリア人父娘がいて、当然、公安部はマークした。父親が四十歳代後半、娘は十二、三歳と思われた。

そんなある日、父娘は、立入禁止の部族自治区に接近した。そのコースでは前日、北アフリカ出身の過激派の青年が、銃器購入の容疑で逮捕されたばかりだった。

翌日、公安部は部長以下ピール・ムハムマドを含む五人で、ホテルの父娘を拘束、その場で調べにかかった。

ほぼ一日取調べたが、考古学者として平和時のアフガニスタンでつき合いのあったコハトの友人を訪ねるつもりだったが引き返した、としか返事がない。ドライバーやサライとの接触は、全て、装飾トラックの調査だ、という。ムジャヒディン達は、昔からの友人という。

逮捕監禁するか否か、一夜検討しよう、と公安部は父娘の旅券と航空券を没収、その日は引き揚げた。

ところが翌朝、北西辺境州知事に父娘が提出していた部族自治区通行許可願いが受理され、しかも、その許可は州知事の客に等しい扱いとなっていた。軍の警護も附くコハト訪問の公式許可として、ダラー・アダム・ヘルのゲイトからコハト峠の哨所にも、公安部にも、知事の署名入り書類のコピーが配布されてきたのだった。

ピール・ムハムマドが初《ま》ず独断で観光局のバスを強制的に借り出し、父娘を乗せ、ルムライト・ホテルへ招待した。

山ほどのツァプリ・カバブを父娘の前に持って行き、飲み物はファンタ・オレンジかスプライトか、茶はミルク入りか緑茶か、とピールは必死の面持ちだった。

ペシャワルのツァプリ・カバブは、大の男でも四個が限界である。

父娘は、辛さに汗をかき顔を真赤にし、危険分子の疑いが晴れた安堵の一方で、怒濤のような饗応に困惑してもいた。

父娘とピール・ムハムマドが去って直ぐ現れたのが部長刑事ラシッドだったのである。

ガイライトは、ピールから聞いていた経緯《いきさつ》は知らぬ振りをした。ただ微笑しながら十個のツァプリ・カバブを渡したのだった。

州政府の決定と公安部の勇み足の間に何があるのか、ガイライトに判る筈もなかった。しかし、何とか謝りたい、と必死なピール・ムハムマドの荒っぽい招待や、部長ラシッドの誠心誠意の謝罪は、いかにもペシャワリ・パシュトゥンのそれ、と思ったものである。

ガイライトは、ひたすらツァプリ・カバブの美味のみを努めている。

昨年は、パキスタンの政権が変り、今年、アフガニスタンの政権も変った。

このところ、アフリディ、ハタック、ユスフザイその他パキスタン側パシュトゥンの大部族の長老達が姿を見せ、次いでアフガニスタン側の大物長老達も続々と現れる。彼等が竈の脇を通ってレストランに入っていく時、大鍋が発する熱気を上廻り、熱い緊張が渦巻く。

あの長老達が待っているのか、と思えば、ガイライトの掌は踊るように上下してカバブの形を整えるのだった。

店先では、指先についた肉片やドーディの残りの屑をガイライトが投げてくれるのを待つ雀達が跳ねてまわる。

サライの絵師

アユブ・ハーンはこの日、路傍の草にまだ露が光っている早朝から仕事場に現れた。腕組みして一台のトラックの後部に立ち、荷台背面の巨大な板絵に温和な表情で見入っていた。微動もせず立っているアユブに、何も警戒心を抱かないのか、餌をついばむ五、六羽のムクドリが足元まで寄っている。

鉄板を断ち切る槌や旋盤機の音は始っていない。トラック・サライはまだ睡っていた。

小作人の四男アユブは、十二歳の時ペシャワル旧市街のトラック・サライの塗装職人のもとへ徒弟に出され、十年を経てナクシャワラ（絵師）となった。以来二十八年、マッカ巡礼を除き休みなく働いてきた。

九〇年代に入り、ジュラルミンの荷台をもちタイヤ数が十輪、トレーラー式の日本やドイツの大型トラックが普及、英ベドフォード製トラックの全盛期は一見終わろうとしていた。しかし、道路状態が苛酷なパキスタン北部、西部、またアフガニスタンへ向う車は、変らずベドフォード製である。

車体の大半は今もトラック・サライで、オマーン、イエーメン他アラビア海に面する国々のダウ船のように竜骨を組んで造られる。エンジン部分、足まわり部分へのメンテナンスに通じた職工達も豊富である。運送業にたずさわる全てのパシュトゥン達には、いまだにベドフォード・トラックへの深い愛着が生きている。

一九六〇年代製のベドフォード・トラックが今もリニューアルされては、山路を駆ける。ただ、大量生産された、プラスチックや金属板の装飾を貼りつけてボディを彩るトラックが増え、外壁全面の装飾を手描きする仕事は、年々減ってきた。

北西辺境州政府が、ペシャワル旧市街部のサライを強制的に閉鎖、トラックの市内中心部への乗り入れも禁止した。清潔な近代化、市街の安全と静寂、との名目である。露天商達の駆逐も同じ頃だった。

サライにひと部屋づつ軒を借りる各種の工房の主達もトラック・ドライバー達も、政府の処置をせせら笑い、全員が立入禁止ラインぎりぎりの、市外縁部に移った。トラックはそこに

2000
3.22

集ってくる。

アユブには、土地っ子の弟子が十人以上いるし、アフガン難民の安く使える子供なら無数にいる。ドライバー達は、手描きが減ったとはいえ、今もトラックを飾ることに熱心である。

仕事への不安は何もなかった。

鉤鼻近くに斜視気味の小さな瞳が寄ったアユブのけわしい顔立ちに、ここ何年か、さらに眉間の皺が深まっていた。それがこの日、微笑さえ浮かべている。

先週アフガニスタンの運送業者が持ちこんだ車は、八〇年代半ば、アユブ自身が手がけたものだった。荷台背面の大画面をまかされるようになった初期の仕事である。

女の瞳と月下の宮殿は、得意なモティーフである。美女は「ライラ」*であり、アユブの夢の中に生きる女だった。アユブは一日かけてライラを修復した。

背後の小屋で、同村出身の麻薬捜査官ジャミルが喫う水莨《たばこ》の音がぼこぼこと鳴っている。酷暑の夏が近い。

一族が生活できるだけの農地は手にした。代々の小作人の生活は随分以前に終り、父母は孫を抱き、マッカ巡礼も果たし、幸福な老後を送っている。

アユブは、そろそろ引退してもいい、と考えていた。

国境警備隊長アリ

この朝、国境警備大隊の隊長アリは、宿舎の前庭のそこここに屯《たむ》ろしている部下達には何も言わず、敬礼する者に軽く答礼するだけで門を出た。情報関係のチャマン地区担当官に会うことになっていた。

雨らしい雨は数ヶ月来ていない。塀の内側から伸び放題に枝を拡げて地面に届いたブーゲンビリヤの枝先は、風に揺れて泥を掃き続け、半円の軌跡の中央ですり切れている。

警察本部に隣接する公安部の建物に入ってゆきながら、アリの眉間の皺は深くなる。

短身で肥ったパンジャブ出身の公安役人ハクは、ゆっくりと長身のアリを見上げた。

「昨日からスピンボルダクのこっちまで入ってる難民連中、あれに停れ、……と言ってみてもなァ……。死んだ気で来るからねェ。その中から怪しいの見分けろったってなァ……行くには行くが……。アリ、あんたは……？」

「はぁ、司令部は滅茶苦茶いってくるんです。混乱してるんです。難民の動きに対処し、ボーダー沿いに厳戒、……というだけです。で、我々はとり敢えずゲートまでは出ばりましょう……。あちらでお会いします。では……。」

直立し、敬礼した。

とり敢えず連絡打合せのつもりだったが、何のためにハクに会いに来たのかはっきりしないまま建物を出た。

パシュトゥン部族自治区は、パキスタン北西辺境州の大半を占め、アフガニスタンとの国境に接している。

パキスタン政府の部族管理には限界がある。しかし、国際的には国境管理を示す必要がある。パシュトゥン各部族を刺激することなく、国境地帯をコントロールするのが望ましい。

その結果、部族自らを中心とした軍を編成、その軍服も伝統的なシャルワル・カミースとしている。

しかし、自然環境も生きる関係についても、極限の苛烈な歴史を重ねてきたパシュトゥンの戦士達は、政府が慮《おもんぱか》るほど服装に頓着している訳ではない。

自治区内のパシュトゥン兵士達は、キャップと肩章と腰のベルトだけが、国軍兵士としての証しであり、それを外せば、驢馬をひく山人であり、羊を追う牧民であり、チャイハナ＊（茶館）にくつろぐ普通の男である。

隊に戻ると、宿舎の前庭に屯ろしている部下達が、どういうことになりました、と命令を待つ猟犬のような眼でアリを見る。

濃い灰色の上下に黒いキャップの兵隊達は、続々とトラックに乗った。てんでに使い慣れた暴徒鎮圧用の杖を手にしている。それがアリの命令だった。

チャマンから西へ数キロ、ホジャ・アムラン山地のゆるやかな裾が西方のルワルガール丘陵へつづく波打って傾く大地が、白く濁る空気に覆われている。

眼前に拡がる光景をアリは、父譲りの野薔薇材の指揮棒を後手にくるくると回しながら、暗い表情で眺めた。

ゲート脇の小屋には既に、公安部のハクが入り、チャール・パイ（木製ベッド）に腰を沈め、茶を飲んでいる。

ハクはアリを小屋の方へ眼で誘い、部下に茶を持って来るよう命じている。

「トゥル・ハムで……チャマンで……パラチナールで……何でこんなことばかり……く

そっ！　ハラーブ・ヒラージィ（何という仕事だ）！」

ハイバル銃隊にいた頃からアリの従卒というよりパートナーのように過してきた、ガルツァ・ハーンが、低い身長をさらに縮め、肩をすくませていう。

「そういっても、これがヒラージュ（義務）なんだから、隊長。どうしたって来る奴ァ来る、……そうでしょうが。」

「まぁな。」

ハクの手からチャイを受取り、立ったままカップを口へ運びながら視線を西に向ける。どの地点に、どのように何人が、とは見えないが、トラックやワンボックス・カーが、白い土埃の中にシルエットになって点在し、地面一杯に人がいると思えばそうも見える。十時前、陽射しは既に昨夜の冷え込みが嘘のように白熱している。

突然平原のあちこちに白い土埃が立ち、人々が右往左往し始めた。何がきっかけでそうなったのか誰にも分らない。クチィ[*]（アフガン季節移動民）のキャラヴァンのように、縦列でゲートへ向かってくるグループもある。

アリの部下達は杖を握り直し、丘に散った。しかし火器は携行していない。

小屋の前に立った公安のハクは、後に組んだ手の先でタスビィ（数珠）を繰る。

軍司令部から約二万人の難民がチャマン国境近くに集結、と聞かされはした。その数に何の意味がある、とアリは思う。

大地全てがざわざわと動く。その中から雄叫びのような男達の叫びが湧き上る。女や子供のかん高い叫びが届く。

前面に出た人々の表情や衣服が土煙の中に識別出来るようになり、兵達が前方の緩衝地帯へ一勢に進出した。

展開したアリ達の方へ無数の難民が走って来る。驢馬車が転倒、投げ出された母子が立ち上って走り、驢馬は車を横倒しのまま曳いて走る。トラックは、荒地を躍り上り沈みこみ、危っかしく傾きながら走る。

西方の空を埋める漆黒の低い雲を背景に、手前の丘陵を陽光が照らし、そこを土埃が濃度を増し煙状に埋める。

人々はシルエットになって近付き、姿を見せ、押し寄せる。

アリの直ぐ横に走りこんで来た小型トラックの荷台には、十人程も若者や女子供がひしめいていた。アリの眼前を徐行しながら、荷台の若者のひとりが、泣き叫び洟《はなみず》を垂らし、両手を差し伸べる。

「ヤァー・アッラー！　ヤァー・アッラー……！」

赤く泣きはらした若者の眼を見た時、アリは無性に腹が立った。若者の腕と、ルンギィ*（頭

衣、ターバン）を巻いた頭に向け、指揮棒を振り降ろした。

「ラフム・ディル！　ガダイ・カワレィ……（御慈悲を下さい）！」

神ならぬ、この俺に慈悲を乞うか。アリは更に怒った。たて続けに杖を振る中、小型トラックは通過した。アリは車を停めはしなかった。

身を寄せ合った老夫婦が、娘なのか嫁なのか、少年を伴った若い女と共に土煙の中から現れ、倒《こ》けつ転《まろ》びつ近づいて来る。四人の荷物は、少年が握りしめている小さな布包みひとつだった。

アリには、これから直ぐ起ること、自分の行動、言葉の全てが判っていた。

眼前に来た老人の瞳をアリは凝視めた。

青灰色の老人の瞳には、哀れみを懇願する色も決死の思いもなく、静かな、しかし諦めとは異質の不動の意志が光っていた。純白のルンギィが顔につくった影の中にもその瞳は力をもっていた。妻らしい老婦人は深々と頭の布を顔に引き寄せている。若い女と少年は、ただ黒い瞳を大きく見開いていた。

アリの心と老人の決意が、既に交わされていた約束のように通じ合った。二人は、無言のうちに納得し合った。

アリは、力の限り老人の背に指揮棒を打ち降ろした。

唸りと共に振り降ろす棒は、老人の上半身を包むツァーダル*やルンギィのへりを打ち、鈍く重い音を立てた。

打たれながら老人の顔に安堵の表情が浮かぶ。

「ルク・サァ！　行くんだ、早く……！」

怒鳴った後アリは身をこごめ、脇を抜けてゆく老人の肩口に小さく声を掛けた。

「ザルゥ・ハイラァ・サラャ・ホダエ・パウマン！　無事に。神と共に……！」

「メラバァニィ、神の大きな恵みがありますように……。」

老人の両眼に涙が盛り上がる。若い女と少年も抱き合うように後に続く。

兵達も手当り次第難民達を打ち、蹴とばしては、東側、チャマンへ入れている。

二十年前、アリは上官と共にハイバル峠下トゥル・ハム国境のゲートで同じことをしていた。

今通った老夫婦は、あの時の二人と同じでは、……そんな馬鹿なと気を取り直し、絶え間なく続く難民達に棒を振るっては通過させた。

大地を人々と土煙が埋めつくし、国境がどこなのか誰にも判別出来なかった。

دیوانه نامه

II

太鼓叩きの帰郷

アミル一家は、バーミヤーン谷の蒙古系ハザラの族長に従う小作人だったが、代々谷の人々に愛されてきたジルバガリ*（陶胴の小太鼓）の名手一家でもあった。

ジルバガリは笛の音に良く馴染む。それも、印度世界のターブラとバンスリの組み合わせが生み出す荘重なラーガのようにではなく、懐に入るような小さなナイィ*（木製の横笛）と共に、子供達の踊りや驢馬の列の後で明るく軽やかな空気を、しかし少々の哀しさも漂わせながら響かせるのが似合う。ジルバガリそのものが、軽く小さい。

陶胴に紐を懸け、肩から下げ、ナイィの旋律に絡みながらバーミヤーンの谷を往けば、当のアミル一家の者でなくとも、どこまでも共に行ってしまいそうな軽やかな心になるのだった。

族長がカーブルに屋敷を構えると、父共々、雑役夫としてそこに住んだ。

八〇年代初め、族長一家は、対ソ戦本部づくりを名目にカナダへ移住、家賃収入を送金したり屋敷を管理させるということで、アミル一家を地所内の小さな家に残した。屋敷の借り主は政権を反映して眼まぐるしく入れ換る。

主が侵攻軍や国連関係の外国人であれ、民族抗争と宗派間抗争の指導者達であれ、権力を握った者が大邸宅を好むことに変りはなく、管理人兼雑役夫としてのアミルの日々は変らなかった。

アミルは、家族と太鼓さえ無事なら、とだけ思い、庭外れの小さな東屋風の建物に住みつづけた。

九四年冬のある日、ロケット弾が屋敷を直撃、その煽りで父母と妻子は呆気なく逝った。命名直前でポプと呼んでいた一才未満の三男だけが残った。アミルは、焼け焦げた桑の樹に凭《もた》れ、横たえたポプと太鼓を撫でさするだけだった。

ポプの泣き声が止まった朝アミルは、突然ポプを肩車にした。肩から腋の下へジルバガリを下げ、そのすぐ上でポプの両足を握った。その足首は、拇指と人差指で握って余る程に細かった。小さな両掌を自分のルンギィ（頭衣、ターバン）にしっかり縛り、市の北西へ歩き始めた。

ポプから流れ出る尿や汚物で背が冷たく濡れるのをアミルは、自分の汗と信じた。

دیوانه نامه

火照っていた足首が午後には冷たくなり、それを風のせいだと信じた。

三日目二人はハジガク峠を越え、バーミヤーン谷の入り口近くにいた。

「直き、うんと暖かくしてやる……。」

絶壁の中腹から湯がしみ出し、セメントと小石で囲った露天の小浴槽が急斜面にはりついている。バーミヤーン谷の人々が大昔から時折、こっそりと温まりに来る温泉である。三千メートル近い高地で、三分以上の入浴は危険、と言われてきた。

硬く冷たいポプを肩から外し、アミルは、衣服のまま湯に入った。上向きにしたポプを両掌で支え、静かに湯の中へ横たえた。ポプの萎《しな》びた両手足は肩車の姿勢を保って天に向き、湯の表面で揺れる。

「お前、グゥディ（人形）になったな……。」

正面には巨大な土柱が連らなり、アミルの虚ろな頭は、それをミナレット*（尖塔）と眺めていた。土柱と鋭い岩の角に鳴る風を、遠くから届くアザーン（祈りを誘う詠唱）と聞いた。

深々と湯に身を沈めたアミルに立ち上る気配はなかった。

ファティマの春

キリスト教の宣教師達は、個々の信仰心と使命感にかかわらず、また、西欧の思想を奉じる者も、その哲学や理想はそれとして、商人を導き軍をひき入れる役割を果たす歴史を重ねてきた。結果的には、殆どが死神のミッションだった。そして、その者達に迎合し自分達の利を計るアフガニスタン人も当然育ち、その者達が政権を手にすることも起る。

氷の峰が陽光をとどめていたが、谷底は青黒い闇に沈んでいった。

雪崩におびえながら南斜面でやっと集めた小枝の包みに腰を下ろし、ファティマは立ち上がろうとしなかった。

二十数年前、この季節にはナウ・ルズ*（春の始まりの日）を家族皆で祝ったものだった。

チャリカール北方の大農園で育ったファティマは、一世紀前の王が試みた急進的な欧化、特にフランスに倣《なら》おうとした婦人解放とは異なる、アフガニスタンなりの近代化を夢みていた。

パリ留学中、ミュゼ・ギメェ*へ友人達を伴っては、カーブル北方、ベグラムのカニシュカ大王の離宮趾から出土したローマン・グラスや象牙の浮彫り片を前に故郷を語り、アフガニスタンの新時代を語り合ったものである。

「うちの農園には、ずうっと泥塀がつづいてて、それに沿って、これが出土した所からの風が吹き降りてくるの……。」

パリの若者達は眼を輝かせ、アフガニスタンを訪れる、と必ずいうのだった。実際、ファティマが学生の間、休暇の帰国には仲間達が車を都合した。陸路、冒険心と好奇心で胸を膨ませた無邪気なヨーロッパ各国の若者達を伴なっての帰国だった。

若者達はファティマの一族に歓迎され、アフガニスタンの大地と人々に魅せられ、その虜になるのだった。

学業を終えパリから帰国した年、故郷は硝煙と血しぶきに包まれた。それが、自由、平等、平和、秩序を口にしつつ、この数世紀くり返し西方からやってきた意識を母胎に成長した悪魔の手で始められたことをファティマは識っていた。

父母兄弟を斬り刻み、その屍体の間でファティマと妹を犯したのも、半死半生の二人を救出しパンシェールへと遁れさせてくれたのもアフガニスタン人だった。

凌辱された結果身ごもり、そして生まれたのもアフガニスタン人である。

下方の平原から遠雷のように砲声が響いてきた。そこには政府軍とそれを支える外国からの軍と、その手先になっている者達と戦う十七歳になる息子がいる筈である。

孫の埋葬

月は痩せ切った。ラマダン*の終りが近い。

ババ・チェルミは、残照を受けるスピンゲル山塊を背に、丘の斜面を墓地へ向っていた。両脇の松葉杖が外れないよう上腕部でしっかり挟んではいても、遺体の包みを前に抱え足元が不確かな坂道を行くのである、一歩進んでは姿勢を整える。深くゆっくり息をつき、その度にあらためて孫の遺体の包みを、両の掌で胸元へ引き寄せ、杖を前方へずらす。

ババが左脚の脛から下を失ったのは十数年前、近くのグルダラー・ストゥーパ*（仏塔）の基壇部に砥石用の石を採りに行き、対人地雷に触れてのことである。遺跡下部の石板を砥石に用いるのは、村人達が昔からやってきたことだった。

立ち停る時間の方が長かった。刻一刻、足元は暗さを増す。

一家は、代々水甕造りである。世間に名を知られた陶器ではない。村人達が日常用いる水運びや貯水用の甕である。自分の土地から泥を掘り出し母屋の前庭に掘ってある池で水簸《すいひ》*、それを陶土として池の脇にある蹴轆轤《けろくろ》を廻してきた。窯は母屋の裏にある。

素焼の肌に硝子片と各色の小石を散りばめた美しいチェルム*（水莨《たばこ》用の壺）も造る。轆轤は手廻しに換えたのでさしたる支障もなく、胴部分が両腕をまわす程に大きな甕を造れなくなっただけで仕事は続けてきた。しかし、プラスティック・バケツの普及は、水甕の需要を激減させた。また、ペシャワルの高級住宅用に節操もなく伐られた結果、薪用の松材も減った。

先年、タリバンのクンドゥズ州知事がペシャワル市西郊外のそんな新築の豪邸から外出した途端、北部出身の難民のひとりに暗殺された。

住宅街に花を売って歩く男が、手押し車に積んだ花束の陰から突然、自動小銃を突き出し乱射したという。ペシャワルの富裕層子弟を集めた学校の初等科へ向おうとしていた息子の眼前で起きた事件だった。知事は毎朝ベンツで息子を学校へ送っていた。その朝もそんな外出だった。

「少し金が入ったからといって若造がのぼせ上りおって。パクティアで何百年も育った松で屋根造って、柱立てて……。そもそも、クンドゥズの知事がペシャワルで御屋敷暮しだと！　北にいるのが恐しかったのか！　何が世直《なお》しタリバンだ！」

この村にもタリバンはいる、聞かれたらどうする、と村人達はババを押しとどめたものだった。

ババの長男はタリバンに入り、カーブル詰めである。その嫁に生まれた二人の娘は、いずれも六ヶ月に満たず世を去った。そして一家に初の男児が生まれ、早めに割礼も終えての一年目、その子も逝ってしまった。

他の孫娘達より何倍も長生きしたのに、何故この子はこんなに軽い、と立ち停るたびババは思う。

一家七人の女達は埋葬に立ち会わない。しかし、窯場の方に小さな灯が動く。ババを迎えに来る口実で、子を失った長男の嫁が登ってくる。

埋葬を終えて佇むババを、闇が包んだ。

ザッフリィの日向ぼこ

ザッフリィと子供達が、パキスタン北部コハトの難民居住区からアフガニスタン東部パクティアのアリ・ヘル村へ入ったのは三年前の夏、父母の故郷へ他家の嫁として戻ったのだった。両親や弟、妹達は全員、コハトのキャンプに残った。村の家は爆撃で破壊されつくしたままだったし、畑地の地雷撤去も終っていなかった。戦線が村を離れただけで、内乱が終ったわけではなかった。

婿側の一族がやって来て花嫁出迎えの宴を三、四日、そして攫《さら》うように嫁を婚家へ運び、さらに結婚の宴を一週間近くつづける、そんな伝統的な結婚の行事は、婿も難民であり、両家共に戦時の困窮生活ということで全て省かれた。

村へ戻る数家族と共同でチャーターしたトラックの荷台の最奥に、ザッフリィをはじめ、老若の女達の場がつくられた。家財を壁に、チャール・パイ（木製ベッド）を頭上にわたし、そこにカーペットや天幕地を載せて、小さな暗い空間がつくられた。それは、普段女達が生きてきた自室の暗がり*とさ程変らなかった。

コハトを出てパラチナールへ、そしてスレイマン山脈東壁の急斜面を詰めて国境へ、二日の旅は全て、荷台奥の闇の中にいた。この間、パキスタン政府による十三ヶ所のチェック・ポイントがあり、役人や部族民兵の怒鳴るような検問の声にわけもなく怯えた。

嫁ぐ不安と家族と別れた悲しみにザッフリィは涙を流しつづけた。一方、カーブル生れキャンプ育ちのザッフリィにとって、父母の故郷への旅は、ときめきももたらしていた。幼い頃、アフガニスタンからの脱出行でアリ・ヘル村を通ってはいたが、ソ連軍と政府軍の眼をかすめての夜行つづきの中のことで、何も覚えていないのだった。

喘ぐエンジン音に、国境とされるピーワル峠近くを登っていると感じた。

やがて荷台奥の暗闇で胸を痛めながら外の様子を推測していた女達に、運転席の男達や荷物の上の若者達の歓声が届き、そしてサンソウバイ*（野性のラヴェンダーに似た植物）の香りが冷気と共に闇の中へ流れこんできた。カーブルの下街にいつも漂っていた糞尿の、また難民生活を包んでいたゴミの山のような悪臭に眉をしかめては、パクティアの夏の香りはいい、というのが父の口ぐせである。パクティアに入ったことを、ザッフリィは確信したのだった。

村で生まれた四人の子のうち二人は、山羊の胆汁みたいに皮膚が黄変して死んだ。下の子は既に歩き始めた。

村を離れずにいた舅姑の妹達、夫の兄達の嫁、この家には戦いが生んだ四人の寡婦がいる。今年二十四歳のザッフリィだが、五十三歳から○歳までの十人の女達に率先して家事とリンゴと杏の果樹園の全てをとりしきっている。

数ヶ月に一度現れるトラック・ドライバーの父がいう。

「笑い声、母さんみたいにでかくなったな。」

微笑しながらザッフリィは堂々の日向ぼこである。ただ、再びカーブル攻略へ出ている夫と義弟達のことを思うと、時かまわず自室へ戻り、くり返しクラァーン*を読む。その姿もまた、母とそっくりなのだった。

タロカンの鍛冶屋

ナーラン・ババは、古い鞍に頭を載せ地面に横たわっていた。

その鞍は、七〇年代北部一帯に知られたブズカシ*（騎馬戦）の騎士、チャパンダーズ*・アンバリ・トルクメンの愛用したものだった。戦乱の二十年、それは仕事場東側の窓の下に置かれたままである。鞍壺*は破れ、大きな穴があいている。

ナーランは昨夕、この数日、何も口にしていない身体でよろめきながらここへやって来た。半年振りだった。

仕事場にあるのは、冷たく殺伐とした、乾き切った空気だけだった。

火のない炉、把手が引き出されたままの鞴《ふいご》、金床、大小の槌、鋏《やっとこ》、雑多な鉄屑、そして荒造りした馬用、驢馬用の蹄鉄の山、道具箱、全てに土埃が白く積もり、踏み慣らされた地面には割れ目が出来ている。

　夜になり、仕事場を抜けていく初夏の風を感じながらナーランはまどろみ、そのまま朝を迎えてしまったのだった。

　厩東側の板壁は殆ど破れ、タロカン山脈へ続く草原を渡って来る風が、落ちかかった板を鳴らす。それとは別の小さな物音に、ナーランはゆっくり上半身を起こした。道具箱に爪先が当り、中でブリキ缶の蓋がずれ落ちる音がした。

　ナーランの頭の芯で、あいつかも知れない、とひとつの思いが甦った。

　鍛冶に限らず多くの職人達を時代が置き去りにしていった。

　それでもナーランは、クンドゥズからファイザバードにかけて、馬に生きる人々の間では何代にもわたって知られた一族の者だったから、何とか食いつないではきた。雑多な鉄を扱って細々と仕事を続けて二十年近い。

　既に六十歳代半ばのナーランは、鍛冶の仕事が減るのに合わせるように逞しさを失なっていった。馬の胸を想わせた胸から肩への筋肉も、水牛の前肢を思わせた腕の肉も落ち、痩せた老馬の腰のように、太い骨だけが皮膚を突き上げていた。

　一年前の夏の終り、ナーランの家に出入りした息子の幼ない頃からの友人で、成長して後は、雇い人というより一家の者として蹄鉄焼入れの相槌を振るってくれたイブラヒム・ガシャイ・ハーンが、ナーランの下を去っていた。

タロカンに何代も住んできたパシュトゥンの家族と共に、街を追われたのだった。

イブラヒムは、旧知の人々に丁重な別れの挨拶をして歩いた。お互いの骨が折れる程力のこもる抱擁を交わしながら、ナーランとイブラヒムは黙って瞳を凝視め合った。涙に濡れたイブラヒムの長いまつ毛は、いくつかに撚れ、瞼にまとわりついていた。

九月、朝夕タロカン川の川面を覆う霧が濃くなり、タロカン山脈南寄りの峰には、この年初めての雪が来ていた。

この頃、イブラヒムが、クンドゥズの西方でタリバンに入った、という噂が伝わり、家族や知人達は、あのイブラヒムが何故、とささやき合った。ナーランは呟いた。

「そうしないと食っていけないんだよ、あいつは……。」

その半月後、戦闘服を着た若いウズベクが訪ねてきた。

「三十頭程、蹄鉄を新しいのにしてくれないか。勿論、馬だ、驢馬じゃない。……あんたがトルクメンで一番のアーハンガル（鍛冶屋）、と聞いたんだよ。……乗るのは、ハリジ*（外国人）だから……。」

久方振りに大量の蹄鉄を打つ、そのことが塞ぎがちだったナーランの心を明るくしかけたが、若者の横柄な態度は癪にさわった。

「連れてきた馬を見てから考える。」

「オレがもう見たよ。どれもいい馬だ……。すぐこっちへ廻すから、直ぐかかるんだ。とにかく、急ぐんだ。」

早速数人の若者を集め、炉には火を入れ、蹄鉄用の地金を選別した。

やって来たのは、いずれも良い馬だった。ブズカシ用の馬もいて、何頭かの蹄は、間違いなくナーランが以前手がけたものだった。

「まだ頑張ってたか、俺と同じ位歳とっただろうに……。」

観衆は眼中になく、五十キロ近い獲物を争って草原をどこまでも駆けていった、往年の馬と騎士達にまで、ナーランの想いは拡がるのだった。

頸《くび》を撫で瞳をのぞき込みナーランは、依頼に来た若いウズベクに感じた不快さを忘れていった。

仕事場に活気が戻った。

「何だこの臭いは！　ババ、たまらんよ、ガー・パイ*（蹄糞）の臭い……。お前の足と同じだァ……。」

厩の中や街道側で、馬蹄の奥に詰まった垢をへらで取っていた若者達が騒ぎはしゃぐ。その饐《す》えた臭気もまた、ナーランには嬉しかった。

馬の糞尿、馬具の革、槌を振るい鞴を押し引く男達の汗、焼けた鉄、冷却水から昇る湯気、その全ての臭いが、草原からの風とひとつになる。

「おい、その蹄の削りかす、そうそう、その鉋屑《かんな》みたいの、集めておいてくれ。」

古い蹄鉄を外した後、蹄の先や側面の下方を、短い鎌様の刃で削っていた若者が怪訝な表情である。

「それ、他の奴のもまとめて、そこのブリキの缶に入れておいてくれ、……いいな。」

「おやじさん、煮込みでもつくるのかね。牛も羊も、駱駝も、蹄のつけ根はとろとろに煮て、年寄りにゃいい食い物、というがね。この硬いのはなぁ……。」

ナーランは何も説明しなかった。取り分けさせた蹄の削り屑は、一年近く姿を見せない痩せた犬の為だった。

六、七年も前、東の草原から現れたその黒い犬は、焼いた蹄鉄を蹄に当てた時流れ出る焦げた臭いに誘われるように馬の足元へ寄って来た。やがて、そこら中に散っている蹄の屑を食べ始めたのだった。

「こんなもので良ければいつでも来るといい。とはいっても、しょっ中蹄削ってるわけでもないが……。」

その後、その黒犬は仕事場に住みついたのではなかったが、蹄の仕事があれば必ず現れた。

槌音が絶え間なく響き、火花が飛ぶ。馬が嘶《いなな》く。戦いのような二日が過ぎた。手伝いの若者達を帰して後も、ナーランは十年近く若返った様子だった。

その翌日、老妻と息子夫婦、そして孫達が、ハナバードに住む旧友一家の婚礼に向かった。

馬達を引き渡して後、一日遅れてハナバードに着いたナーランを待っていたのは、頭部に傷を負った老妻と、崩落した建物に下半身をつぶされて重篤な状態の息子、そして、瓦礫の下に埋ずもれ変り果てた嫁と孫達だった。タリバン軍による爆撃で、ときかされた。

幸い老妻は思ったより軽傷だったし、息子も、片脚を失ないはしたが快復へ向った。

ナーランは口をきかなくなった。

間もなくクンドゥズでタリバンが全員投降、との噂が伝ってきた。しかし、タロカンでは何が変るでもなく、北方軍を自称する数名の兵士が、街道で空に向けてカラシニコフ*（自動小銃）を乱射しただけだった。

年が替って間もなく、息子が泣きながらナーランに伝えた。

「ババ……、イブラヒムは死んだらしい。クンドゥズからシバルガンにタリバンの捕虜を移す途中、皆殺されたっていう話だよ。……何でイブラヒムまで……。」

別れ際のイブラヒムの濡れたまつ毛と、幼ない頃から仕事場に来ては息子ともつれ合いながら駆け廻っていた姿が、心を埋めてゆき、父と子は抱き合って涙を流したのだった。

ナーランは、四つ這いのまま道具箱を引き寄せ、蓋を開き、ブリキ缶を取り出した。蹄の屑は、半年を経ても特別変った風もなかった。鼠や鼬《いたち》にやられた痕もない。

よろめきながら厩の方へ歩く。

骨と皮ばかりになった黒い犬が、灰色の瞳でナーランを見上げていた。

ブリキ缶の中の蹄の屑を地面にぶちまけると、黒い犬はそれを貪《むさぼ》り食う。

空になったブリキ缶に水を満たして犬の横に置き、よく生きていた、と声にならない呟きを口にした。

再び立ち上がったナーランは胸を張っていた。家族や友、そして馬、逝った者の全てが、身体一杯にひしめき合っていた。

馬繋ぎの杭に寄りかかり、そのまま前のめりに厩の裏の草原へ二、三歩踏み出した。

崩れた厩の壁沿いに吹き溜っていた柳絮《やなぎのわた》の中へ頭から倒れこんだナーランは嗚咽していたが、やがて大声をあげて号泣した。そして神の名を絶叫した。

「ヤー・アッラーフ!」

舞い上った柳絮がゆっくりと降る中、そのいく筋かを身体につけ、黒い犬はナーランの頭の傍に寄ってきた。

母ハンジュイ

　スピンゲル山麓東西南北に生きるパシュトゥン諸部族は、それぞれの出自の物語を歴史の奥深く埋没させたまま、正統パシュトゥンを誇り、我等こそが古パシュトゥンと自称して譲らない。

　彼等の土地は、ソーダ分の強い土壌と崩れ易い岩だけの丘陵の連続である。雨期の水流に削られては形を変える大小の崖がスピンゲル山麓の風景を荒々しく近寄り難い土地に見せる。耕地は見当らない。

　東西に渉る物流の中間に位置する収益で生きる生活は古来変わらない。運ぶ対象が違法ならば、利益は違法の度合いと危険量に正比例して大きい。

　長老達は静かにいい放つ。

「戦いだと？　ああ、結構じゃないか！　内戦*？　それも結構。ジハッド*（聖戦）？　我々がジルガァ*（長老会議）で納得すれば行こうじゃないか。」

この日もドバンダイ村は、卵を孵《う》んだばかりの雌鶏が声を上げ、たしなめるように山羊が鳴く以外、何事もない静かな朝を迎えていた。

ドバンダイも、スピンゲル西山麓に点在する村々と同じく、フジアニ系パシュトゥン*の村である。人々は長身ではないが、ぶ厚い胸と骨太な手足をもち、角ばった顎骨と鋭い鼻筋が目立つ。戦いに臨めば男女共に、山岳戦にも野戦にも卓抜した能力を見せてきた。そして、その自信が、フジアニ系パシュトゥンの日常を、凛とした静けさで包んでいるのだった。

村中央近く、アカシヤの木立に隠れるように、サダル・サルグンの一家十七人が暮らすカラ（砦状に塀を回らせた居住廓）がある。高さ四メートル、四辺それぞれが三十余メートルの泥塀の二ヶ所に、銃眼をそなえた見張り塔が突出している。外からは内側の何ひとつ窺い知れない。

ただ、この朝、サダル家のカラの中庭には、重苦しい空気が充ちていた。

ドーディ（ナン）を焼く煙が、杏の樹の枝に絡まりながらカラの上に昇っていくことがなかった。香ばしい匂いと共に騒ぐ子供達の声も女達の声もなかった。

七十七歳になる長老サダルは、日溜りの中のチャール・パイ（木製ベッット）に腰を下ろし、太い切り株のように動かない。七十三歳と七十歳になる二人の妻は、地面に敷いた布の上に蹲《うずくま》り、身じろぎもしない。

二日前、カラには、女達の絶叫が響きわたった。仔牛と山羊と羊達が、カラにただ一つある入口の木戸寄りの陽蔭に入って怯えていた。

この日、フジアニ系の支々族ツァマイ・ヘル*七十家族の族長のひとり息子で、長老の孫、レイワ・ハーン殉教の報せが、ひと包みの布と共に届いたのだった。

二〇〇一年末のある朝、夜半から降っていた雪がみぞれに変り、冷たくぬかるむ泥道をレイワ・ハーンは、普段と変らぬ格好で自転車を押し、ツァマイ・ヘルの一党十五人を率いて出掛けた。カンダハルからバラキまで来ているタリバンの指揮下に入り、カーブルを攻めるためだった。

レイワ・ハーン以下殆ど全員が、戦いに神の名を冠する大義よりは、出撃で得る報酬に大きな関心があった。ラマダン明けの軽やかな気分の名残りもあった。

それから三ヶ月後のその日、ひとりの男がカーブル北方でのレイワ・ハーンの殉教を伝え、遺体のほんの一部*さえも持ち還ることがかなわなかった理由を、長々と語った。

長老は、受け取った布包みをその場で開いた。包みの中は、レイワ・ハーンの黒いルンギィ

2003.4
عبدالله
大

（頭衣、ターバン）だった。

「アッラーフ・アクバル。」

押し殺した嗚咽に誰もが身を震わせながら神の名を口にしている時、ムッラーがやって来た。

「部屋に入っているんだ。ルンギィは持っていけ。」

長老の指示に従いルンギィを手にした途端、レイワ・ハーンの母、族長の妻ハンジュイが叫び声を上げた。それを合図のように老若の女達は、声の限りに絶叫した。

「あれ（族長の嫁）は、ブゥラではない。好きにさせておきなさい……。」

長老の言葉に、老妻達はゆっくり女達の後を追って女部屋へ向かった。

そして一族の女達全員が号泣する叫びが、ぶ厚い泥壁の外まで溢れ出て中庭を埋めたのだった。

幼ない児を失った経験をもつ女性をブゥラと称《よ》び、その夫をブゥルと称ぶ。ブゥラでもブゥルでもない、という幸福な夫婦は、フジアニに限らず大半のアフガンにとって、稀有のことである。同時にそれは、心がはり裂かれ全ての内臓がひきちぎられるような悲しみを識らない、ということである。

訃報から三日目のこの朝、母ハンジュイは、息子夫婦の部屋に入ってくるなり言った。

「ラーラ、アイロンに火を入れて頂戴。炭は、ドーディ竃のを使って……。」

涙にくれていたラーラは、カラの入口脇にあるドーディ竃へゆらゆらと中庭を横切っていった。冷たい灰の中に消し炭を探りながら長老を見た。

「ハンジュイは女であってもロシア兵を五人も殺した立派なムジャヒディン（イスラム聖戦士）だ、ブゥラではないが大丈夫だ。」

力なく炭を拾う孫の妻に長老は、大して意味をもたない言葉を投げ掛けた。

母ハンジュイは、乱雑に巻かれたルンギィの小さな山を前に、部屋の中央にいた。

若夫婦のために塗り変えた泥壁は、結婚から一年余、未だ汚れていない。夜具に移っていたアテル（香油）の香りと泥の匂いが一つになり、その中に、アイロンから爆《は》じける炭火も匂う。

母ハンジュイは小山になっているルンギィを引き寄せ、ゆっくりほどき始めた。

三年前長老サダルが、成人した孫の為にペシャワルで求めたルンギィである。包装紙には、タージマハールとジェッダの聖廟の絵と共に、ペルシャ語でジャパン・シルクと印刷されていた。実際には木綿と化繊の混紡だったが、やや青味を帯びた黒色の美しいルンギィだった。

一メートル程手元にたぐりこむうち、やや色褪せた黒地に、地図のような不定形の白い染みが現れた。汗が乾いて塩分が浮いていたのだった。ラーラはぼんやりと、昨年の夏から一度もレイワ・ハーンのルンギィを洗わなかった、と思っていた。

ひとつだけある小窓から斜めに朝の日差しが入り、部屋中央に白い光の輪をつくる。それが隅々の暗がりをひときわ濃く見せる。

母ハンジュイは、アイロンに蓋をして膝の前に置き、振り返らず水を持って来るようにいった。ほどき続けるルンギィから泥と血で糊づけしたように固まった部分が現れ、母ハンジュイの肩が小刻みに震え始めた。

大きく吐く息と共に涙がアイロンの上に落ちる。一滴一滴が音を立て小さな湯気となり、陽光の中へ昇る。

義母の肩の震えが大きくなっていくのを見ながら嫁ラーラは、嗚咽をこらえ切れず、そして、水を頼まれていたことに気付き、自在扉を押して外へ走り出た。扉の螺旋バネがきしんで伸び、再び音を立てて戻る。

中庭の長老と二人の妻は、チャール・パイに腰掛け、微動もしない。族長が三人のもとへ茶を運ぶ。

仔牛がゆっくり中庭を横切り、その脚にかかりそうになった鶏が一羽、平屋根へ翔んだ。

「ウォーッ、ウォーッ、……アアアーッ……！」

突如起った雄叫びのような声に、小さなバケツを持ったラーラと村の女達は一勢に若夫婦の部屋へ入った。

母ハンジュイが、七、八メートルはあるルンギィ全てを全身に巻き、一方の端を堅く嚙み、

دیوانه نامه

部屋の中央で転げ回っている。

アイロンの蓋が外れ、こぼれ出て床に散った炭火が、フェルトやカーペットを焦がし煙を上げる。

既にアイロンかけをすすめていたのか、汗と血と泥の臭いが、羊毛の焦げる臭いとひとつになって部屋にこもっている。その中で、母ハンジュイは、言葉にならない叫びを上げ、悶《もだ》え続ける。捉えられた野獣のように荒れ狂いながら激しく身をよじって転げ廻り、誰もとどめようがないのだった。

دیوانه نامه

III

砲刑

一夜明けたカーブルは冬になっていた。夜明け直後の歩道には、チャイハナ（茶館）から撤いた汚水が薄く凍てついている。

不気味な静けさが街を支配しつつあった。平静を装いながら誰もが何かを窺っていた。

その日暮しの者は街の空気に構わず露店を出し、通行人に喜捨を乞う母子の、ゴシュナァ（飢えてます）の声は、三十年前からのそれと同じだった。

ザワリ・ハーン・ギルザイは、この日二十五歳になった。

ザワリは、シェール・ダルワザ（獅子門）山南麓にある小さい泥屋を出ると、山路を登り始めた。

シェール・ダルワザ山西端の突出部に小さな平地がある。そこには、一八〇〇年代の終り頃、アミール・アブダル・ラーマン王がカーブル市内の兵器廠で造らせた二門の砲のひとつ、と伝えられる旧式の大砲が据えてある。

ザワリはこの日、父と共にカラトゥへ引き揚げることになっていた。その前にカーブルを見ておこう、と砲座まで登って来た。

大砲は、変らず黒い光を放ち、掌をあてるとさ程冷たくなかった。未だ本格的な冬ではない。並木の楡やポプラの黄葉もまだらだった。

鳩の群が、上へ下へ、右へ左へ旋回をくり返す。

街を見下ろしてザワリは、左方、西北の方角から入って来る車がいつもより多いように感じた。

祖父の代からトゥプ・イ・チャシュト（午砲）の射手を務めてきた一家が、最も誇らし気だったのは、ザワリが未だ幼ない頃だった。

ラジオが普及し、誰もが時計を持つようになった時代、丘から市中に轟きわたる砲声で時を知るというよりは、カーブルの時の流れに楽しく節目をつける砲声だった。

ラマダン月の夕刻、人々は茜色に染まる西の空と、その下の山腹を眺めやって、一発の砲声を待つのだった。

中腹の砲座から白煙が上り、数秒間隔をおいて、ドーン、と重い砲声が街に届く。

出前の少年たちは、ナンにくるんだカバブとチャイのポットを手に、予約のあった家や店に走る。チャイハナでは空腹をかかえて着席し、苛々と待つ客たちの前に皿が並んでいった。父ナザリヤ・ハーンは、カーブル全市街を見わたし、将軍のように胸を張り、ゆっくりと点火した。轟然と砲声が響き空気が震え、周囲の地表に薄い膜のような土埃が浮き上る。砲身全てが白煙に包まれ、それをすぐに風が払う。そこには黒いワスカット*（チョッキ）を着て白いルンギィ（頭衣、ターバン）を巻いた普通の小男が立っているのだった。ザワリは、そんな父に、天候が悪くない限りいつも従《つ》いていったものである。


何人もの跫《あしおと》が登って来る。ザワリは振り返った。

迷彩の戦闘服に自動小銃を手にした三人の男と平服で銃を肩にした者、何も手にしていない者十人程が従っている。いずれも足首まで編み上げ靴の、しっかりした足拵えである。

真っ直ぐザワリの方へ歩いてきた男が銃口で胸をこづく。

「トゥプ（大砲）どっち向けてんだ? ええ……シャマリ（北の者達）撃とうってのか!」

次の瞬間、後頭部に衝撃を感じた。

どれだけの時間昏倒していたのか、きき覚えのある声でザワリは意識が戻るのを感じた。怒声に近い叫びをあげている声の主は、父ナザリヤだった。

陽は中天を過ぎ、アスマーイ山寄りに傾いていた。

「シャマリもカーブルも撃ったことはない！　何度言えば判る……！　ザヘル・シャー*も、カンダハリ*も、シャマリも知るかァ、わしはトゥプ撃ちのナザリヤ・ハーン・ギルザイだ。それはわしの伜だ。伜に何をした！　伜があんた達に何をした！」

男達は何ごとか納得したように笑いながら、おだやかになった。

「一発撃ってみろ、爺さん……。ナザリヤ・ハーンっていったっけ……。」

戦闘服の男の一人の言葉にナザリヤは一瞬拍子抜けした表情になった。

「いいだろう。あの小屋に火薬の缶がある。それに……。」

歩きかけたナザリヤを男の一人が銃で制した。

「俺達が運ぶ。お前は砲の具合でも見てろ！」

ナザリヤが、火皿から砲身につづく導火孔に指を入れ、息を吹きかけ、土埃を除く間に、男達は石小屋へ向い、一人が缶を小脇に抱いて戻った。

若い男が、缶の穴から黒色火薬を火皿へ注ぐ。

「そんな装填じゃ、プスッともいわないぞ。若いの……！」

ナザリヤが言い終らぬうちに、別の男が銃床で顔の正面を力まかせに突いた。ナザリヤは、口から血を吹いて仰向けに倒れたがすぐに立ち上がり、男達を睨みつける。

戦闘服姿の男達の中で最も年かさの者が、笑みを含む声で言う。

「お前らがシャマリやハザラをトゥプ・マジャザート（砲刑）に懸けたのはいつだった？　エ？　シャマリの血で赤い煙が昇った……だと？」

顔の下半分に血粘をつけたまま並んで立つ父と子は無言だった。

二人の男が左右からザワリの手を摑み、砲口まで引き立てていった。薄笑いを浮かべた別の男がザワリのタンバン＊（下ばき）の前に手を廻すと、腰のタール＊（紐）をずるずると引き抜いた。タンバンはすっと足元に落ち、ザワリの白く細い脚の膝から下が顕わになる。

男達は、ザワリの胸を砲口の位置に当てて立たせ、タールで縛った両手首を、砲身に固定しようとする。それに争《あらが》うザワリが何か叫ぼうとするが声にならず、子供のように地団駄を踏む。脛から足首にかけて陽光が反射し、下に落ちたタンバンとスニーカーが濡れる。失禁したのだった。

「ウォーッ、……ザワーリィ……！」

ナザリヤの口から血の混ざった唾と共に胸の奥が破れたような絶叫がほとばしり出た。そのまま息子の方へ向おうとするのを、男達が三人がかりで押し倒した。一人が銃口を力まかせに口の中に突き入れ、ナザリヤは血泡を噴いた。

ザワリは、伸ばした両腕で砲身を抱くように砲口に固定された。

年かさの男が軽便ライターで点火を試みる。数回失敗をくり返し、その度に掌で耳を覆っていた男たちが笑う。皆は男の及び腰をも笑った。

いつまでも着火しないことに苛立った一人が、火皿に向けて銃を発射したが、火薬が吹き飛んだだけだった。男達は更に大声で笑い、無邪気になじり合う。

遠くパグマンの峰の雪が赤く染まり、日没間近の冷たい風が吹いてきた。砲座の周辺に土埃が立つ。

若い男が枯草を一本口に銜え、そろそろ下に降りないかといった。

プリヘシュティ・モスクの方角からアザーン（祈りを誘う詠唱）がきこえる。

倒れたままのナザリヤが、突然口中に突き立てられていた銃口を自らの手で押し上げ、血を吐きながら何ごとか言った。立ち上がったナザリヤは、男達を押しのけて火薬の缶に向いながら、ワスカットを脱いだ。

ワスカットに火薬を包みながら、男の一人に石小屋から持ってくるものを指示した。揺るぎない決意が示す静けさに気圧《けお》された若い男が棒と古新聞紙を取ってくる。

「お前たちにこの砲は無理なんだ。ダールゥ（火薬）も永いこと睡ってたしな。わしが用意する。」

ナザリヤの表情から怒りや戦いの気が消えていた。拡げたワスカットの上に黙々と火薬を盛り、砲の口径に近い大きさに包むと、砲口から行き止まるところまで棒で押し入れた。

洟《はなみず》と涙と血が首筋まで流れるのも構わずザワリは口を半ば開き、呆然と立ちつくし、小刻みに震えている。父の動きを追う視線は、激しく叱られた後の幼児のそれと同じだった。

ナザリヤは、かがんだ姿勢で可能な限り小石を掻き集め、尿で濡れそぼったザワリのタンバンに、周辺の泥と共にねり込むように包んだ。

ナザリヤの好きにさせ談笑していた男の一人が気付き、銃口を向ける。

「何やってる、爺さん……！」

「しっかりカーブル中に鳴りわたるようにしてやる。わしはこのトゥプ、四十年毎日撃ってたんだ。」

ナザリヤは、砲身から息子を解き放った。

砲口に少々余る程の大きさにまとめたタンバンをナザリヤは、自らの腕で、肩口の深さまで押しこむと、砲口の下に坐りこんで震えているザワリの耳元に口を寄せて囁いた。

「ザワリ、ここにいろ、この馬鹿共にこの大砲は扱えんよ。わしもお前と一緒に行く。心配するな。直ぐ終わる……。」

ナザリヤは火皿の横に立ち、導火孔が一杯になるまで火薬を注ぎ、火皿に溢れた分を掌で山型に丁寧に盛り上げた。新聞紙に少量の火薬を振りかけ、軽く撚《ひね》り、その山に突き立てた。

砲口に戻ったナザリヤは、息子の背に自分の胸を合わせて覆い被さった。両腕を前に伸ばして、息子の手首を縛っていたタールを解く。

「ザワリ、何だその顔は。喧嘩に負けて帰ってきた面《つら》だな。直ぐ終る、直ぐ終るよ……。」

日没直前の陽に、カーブル周辺の山々は全て朱色に染まり、空の青紫色が刻一刻深みを増していく。

鳩の群が一直線にシェール・ダルワザ山へ向って来るのが見え、突然、強い風が吹き渡った。

ナザリヤは、息子を後から抱いて砲口の前に立ち、両眼を大きく見開いて殆ど自失している息子を今一度力をこめて抱き締め、両足を開いて踏んばり、大声をあげた。

「さあ、北のうすら馬鹿共、ナザリヤ・ハーン・ギルザイが仕込んだ火薬だ。良く響くぞ。その新聞紙に火をつけろ、それで充分だ。ヤァー・アッラー!!」


この日、日没時、シェール・ダルワザ山の中腹で突然砲声が響き、高々と白煙が昇って、夕陽に映えた。人々はロケットの着弾にしては間抜けな地点だ、と思い、ある者はカーブル解放の祝砲に違いない、と思った。

昔を知る老人たちは、トゥプの音も煙も異常に大きいが何故だろう、といぶかったのだった。

聖天馬《アスベ・ドルドル》の願い

内乱の中、民族の違い、イスラム宗派の違いを理由に、特にカーブルでは人々が、これでもかこれでもか、と殺し合ってきた。神を信じる心が強いほど、その道筋のわずかな違いを頑として譲らず、彼我に血を流す理由としてきた。

数年前アジは、聖地巡礼にも等しい気持で、天馬が訪れるという土地を巡り歩いていた。スンニー*、シアーの宗派にかかわらずアジは、聖ムハムマドを敬い、同じように聖アリーを愛していた。幼い頃からアジは、そのアリーを天国へ運んだと信じられる天馬に憧れつづけてきた。天馬ゆかりの地への旅は、神の名の下に出るべくして出た旅だった。

パグマンの山へ向おうと、破壊されつくしたカーブルの街を往くアジを、心荒んだ人々は捕えた。何ひとつ説明もかなわずアジは、おろおろとわななき、このスンニー野郎が、とののしる声にも、ただアッラー、ムハムマド、アリーと神と聖者の名を誦えるだけだった。

人々はアジを切り刻んだ。生命だけの丸裸にしたアジを、伴なっていた驢馬にくくりつけ、南へ放った。

驢馬は山の村へ戻り、村人達は、アジの姿を眼にした。村人達には怒りと悲しみと復讐を誓う心が残った。村人達は、香草をアジの周囲に敷き詰め、花をかがせ、茶を飲ませ、クラァーンを読みきかせた。

*

先程から床屋のフセインは、チャイハナ（茶館）に居合わせた者すべてが案じているアジの再びの旅立ちのいきさつを語っていた。

時間を追って抑揚を増すその語り口が、やがて歌になるのを疑う者はいなかった。

「心優しいアジには、孤独で短気なシュクン（ヤマアラシ）も針を収め、その誇りにはアイバク*の荒馬も頭を垂れ、澄んだ眼を前にラホールのお喋りムッラーは説教をやめ……、あんた達、知ってる筈だ。」

知っている、と皆が応じた。

「邪悪な者達は、あまりに気高く清いアジに苛立ち、耳を落とし鼻をそぎ、真実のみを語った舌を切り、どんな悪人の中にも清い心を見出した瑠璃色の瞳をえぐり……アジはその時、血

と共にアッラーの名を、ムハムマドの名を、アリーの名を……アイアイ……。聖なる名は喉に泡立つ血にまみれ、獣共には届かなかった……。」

ヤー・アッラー、皆は唱和し、同時にフセインはドゥ・タール*(二弦琴)を引き寄せ弦を強く掻き鳴らした。

誰もが身震いし、眼を閉じる。

「三日前、月光の中、いつものようにタパ*の頂きに坐っていたアジは、サフィド・コーの風から伝言をきいた。

パグマンの、そしてドゥ・アウ・メフザリンの聖天馬《アスペ・ドルドル》の飼葉桶《かいば》には、この十六年、乾いた土と冷たい石だけ……絶えることのなかった芳しい花、柘榴、メロンそして青い麦の芽や輝く宝玉はどこへ……。

訪れる度、ドルドルはエメラルド色の涙を流し、哀しく嘶《いなな》いて翔び去る……アア、ドルドルの哀しみ、それは風の哀しみ、それは土の哀しみ、岩の哀しみ……。風はいう、行って再び桶を満たしてくれないか、と。

アジの額と両頬、頸《うなじ》、掌は、それを聴き、アジの心は深くうなずいた。

パグマンの、ドゥ・アウの、バーミヤーンの、ダライ・ゼンダンの、カーブルの風の願いだ、と。

アジは、さらに深くうなずき、地にひれ伏した……。

再び、神の祝福と光の中を吹き渡る風でいたい、と。

風のことばに、アジは立ち上り……杖を手にとり、……。」

フセインの眼に涙が溢れ、歌は途切れた。幕で隔てた女部屋からも嗚咽がきこえる。

今も戦いが続き、さらに外国の軍まで来ているという。アジの旅は、神と風以外とめようのないこと、と皆は知っていた。

皆は、カーブル川沿いの道を風に導かれ、西へ西へと旅するアジのために祈り始めていた。

ジャージィ・アリ・ヘルの屠殺者

この日もペシャワルに雨は来ず、白熱した陽光と暑熱が街一杯に溜っていた。

ワナァは、筒状に巻いた礼拝用の小カーペットの両端を紐でくくり、その両端をつなぐ巾広の紐を肩から吊り、手には小さな布包みを下げていた。

布包みには、故郷ジャージィ・アリ・ヘル村南方の、ルキアン谷に住む族長ハジ・アファルが揃えたクラァーンや旅券と着替え、そして、旅先のある人物へと、ハジからことづかった品物が入っていた。ワナァは、旅先で訪ねる人物が何者か、ことづかった品物が何かは知らない。

胸を張っているが顔はやや下向きに、黒の上下で目立たないワナァは、旧市街東のバスターミナルへ歩いていた。

崖崩れで両親・兄弟姉妹を失ない孤児となった十歳のワナァを引取り、ジャージィ・アリ・ヘル族の支族ルキアン二百五十人の一人として育ててくれたのが、族長ハジ・アファルだった。

伝統的な山の戦士団ルキアンの中では、一族のムッラー（導師）や長老達が、読み書きや計算等の教育は充分でなくとも、アッラーへの信仰とパシュトゥンの律*と戦いについて、徹底的に教え込む。

族長は三人の妻との間にできた十四人の子供達と分けへだてなくワナァを育てた。

対ソ戦が始まった頃、ワナァは十六歳だったが、その戦い振りは、当時から目立っていた。パクティア州のパシュトゥン各部族の間で、それまで特別強大な戦闘集団ではなく、むしろ国境に近いだけアフガニスタンとパキスタンの間を往来する物流の走り使い、と見られていたジャージィ・アリ・ヘル族が、その小さな支族ルキアンと共に畏敬の念をこめて見られるようになったのは、ワナァの戦い振りに負うところも大きい。

ジャージィ・アリ・ヘル族が生きる同名の村は、ア・パ国境へ十数キロ、州都の軍事空港ホストへ四十キロ、ガルデズへ三十キロの、インド亜大陸と西アジア世界をつなぐ重要な接点に位置している。村を見下ろす丘の上には、主を変えながら生きてきた中世以来の巨大な砦がある。ソ連侵攻時には、ヘリコプター基地となり、三千人のソ連軍と政府軍が駐屯していた。しかし、峻険な山岳地帯であり、戦車や輸送車のコンボイの移動やヘリコプターの離着陸時には、地理に通じた山岳パシュトゥンの、攻めては退く出没自在の伝統的戦法が大きな戦果を上げ、個人の戦闘能力が大いに戦況を左右した。

ワナァの働きは、中隊規模のソ連軍を、何度も壊滅させた。支族ルキアンは勿論、全パシュトゥンが、あの男の戦いは人間のそれではない、と噂し合ったのだった。

ソ連軍や旧カーブル政府軍にとっては、ルキアンの一族全てが恐怖の対象となり、族長ハジ・アファルを〝ルキアンの悪魔〟と呼んだ。

パタントゥイ川支流のひとつに面して、柳の古木が巾四メートル程の入口を隠した谷がある。そこを抜けると、食道から胃に至ったように丸い空間が開ける。ルキアン谷である。三階建ての堅固な泥屋が八棟半円形に軒をつらねている。広場を挟み、ひときわ大きなカラ（砦）状の泥屋が、一九八九年まであった。それが族長ハジ・アファルの家であり、代々族長が住んだ家だった。

撤退直前のソ連軍は、その家の百メートル程上空に大型ヘリをホバリングさせ、三階建の家と周囲の防壁に爆撃をくり返した。数百年つづいたルキアン谷族長の家は、瓦礫の平らな拡がりに変った。

族長の家だけを狂ったように爆撃し、他の家々には機銃弾一発も撃ちこまないヘリコプターを、ルキアンの一族は山の上から眺めていた。その爆撃は、泣き喚く子供が手足をばたつかせているのに似ている、と長老達は笑い合った。一対一でやり合うのが正しい戦い方、と信じていた大昔の阿呆なガーズィ（戦士）に通じるところがある、とも語り合った。

そしてワナァが、その爆撃にひとり立ち向った。

機銃の連射の中に躍りこみ、天を仰いで撃ったワナァの地対地ランチャーは、そのヘリコプターを、撃墜したのだった。

報恩の忠誠心などというのではなくワナァは、族長のためなら、と黙々と敵を殺しつづけた。パクティアのためでも、ましてやアフガニスタンのためでもなく、アッラーを口にすることさえなかった。

その名ワナァ・スパイ《血みどろ犬》は、ソ連軍に通じた裏切り者の首を、肉用の細柄斧で断ち落とした時、またナイフで喉をかき切ったソ連兵の返り血に染まった姿を見て人々がつけたニックネームである。元来は、アフメッドといった。

小柄で無口なワナァを、人々は、アリ・ヘルの屠殺者とも呼んだのだった。

ソ連軍が去り、内乱もパクティアを離れて後、戦利品だった高射砲や対空機関砲とその弾薬、車等の〝商品〟を売る生活も底をつき、族長ハジ・アファルは一族を支えきれなくなっていた。

2001.6.5

その頃タリバンが興り、カンダハルへ走る若者もいた。

疲弊し切ったアフガニスタンを、神の名をかかげ、戦中に育った若者を前面に立てて統制しようとする動きを、ハジ・アファルは、カンダハル系パシュトゥンが繰り返してきた歴史のひとつと見ていた。アフガニスタンがそれ程単純ではない、と知っていた。また、その動きに走ることで何とか飢えをしのごうとする若者を、淋しく哀しく眺めた。

ドバイで〝裏の仕事〟を請け負う金貸しの依頼で、族長ハジ・アファルはワナァを送ることにした。

パキスタンからの直接出荷に問題のある品物が、ドバイを経由する。それは、盗掘の美術品、また高性能の武器、時には人間そのものがパキスタン国内での取引より安全なドバイへ動き集積され、目的国への移動を待つ。ドバイにしてみれば、何ひとつ自国が手を下したわけではなく中継地に過ぎないから、責められる筋合はない、との姿勢である。

ワナァには、これ等物流の仕組みに、爪の垢ほどの関心もない。

カラチまでバスで行き、その後船でドバイへ渡る。ワナァは、何ごとも、以前と変らず黙ってこなすに違いなかった。

タリブジャン・ナジ

「迷路へ誘うは麝香《ジャコウ》の灯、お前の閨《ねや》へ導くは月下のジャスミンが紡ぐ香り糸、星空盡《つ》きて糸杉巨人黒々と、その足元の闇の彼方に待つは薔薇のかんばせ……ああ、いまだ迷路のさ中……」

泥に埋まった円柱に上半身を凭《もた》せ掛けたナジは、自らのものか誰のことばか不確かなルパイヤート（五行詩）を口にしていた。

かつてアフガニスタン各地から、貧富も民族の違いも、有名無名も問わず、詩を心の糧とする人々が集いそれぞれの詩作を詠じ、生きる歓びを春芳の中に讃え合った旧王家の離宮、あのオレンジの花の香りで蜜蜂や小鳥を集めた果樹園は本当に在ったのか……。

戦いのあおりで仆《たお》れ、腐臭を放ちながら路傍に朽ちるよりは、飢えの中でもいい、カーブルで死にたい、と東へ向ったナジだったが、ジャラーラーバード郊外で力盡きた。

دیوانه نامه

パシュトゥンとトルクメンの血を併せもつタジクの大地主の家に育ったナジは、祈りと詩と音楽を命の糧に生きる若者だった。トルコ系長毛種の茶色の猫を抱いた五歳下の妹がいつも傍にいた。

格調を湛えた透明感のある高音でクラァーンを詠唱するナジを人々は、タリブ*（神学生）ジャンの愛称で呼んだものだった。

ソ連軍とその傀儡《かいらい》政府の軍に対し、アフガニスタン全土にジハッド（聖戦）が宣言され、老若の男達がムジャヒディン（イスラム聖戦士）として戦いに出た。

ナジが十六歳の時、ソ連軍下の傭兵が指揮する政府軍は家族全てを奪った。しかしナジは、戦おうとしなかった。ナジは優し過ぎた。

戦場へ向う幼な馴染み達は、別れの抱擁の時、耳元でささやいた。

「おまえは詩をうたえ、それでいいんだよ、ナジ……それがお前のジハッドだよ」

ペシャワルへ遁れたナジは、難民地区に急増されたモスクで朝夕アザーン（祈りを誘う詠唱）を唱し、マドラサ*（モスク附属の教育施設）でクラァーンの詠みを、幼い子供達に教えたりもした。

痩せた犬がナジを凝視めている。ジャラーラーバードが遠望できる所まで辿り着いた二日前、喉をうるおそうと寄っていったカーブル川の岸で会った犬である。その後、その短毛の黒い犬はナジにつかず離れず、従いてきた。

犬は、そろそろと数歩進み、四肢を低くして這うようにする。黒い瞳がナジのことばを待っていた。

五日前、トゥル・ハム西のチャイハナ（茶館）の裏で拾った掌程のナンと少し前に椀《も》いだばかりの薔薇の実をナジは差し出した。

「よく生きていたね……、よく生きていたね。これから先、私に従いてはこれない。これを全部あげよう……。」

ナジは同じことばをくり返し口にした。それは弱い吐息のようだった。

ナジの生命の灯は、大分前に消えていた。その優しさと静けさの故に、魂が、肉体から去るのに時をかけているだけだった。

美しく澄んでいた青灰色の瞳は、遠くを見るでもなく、眼前の虚空にとどまって動かず、光を失いつつあった。

凧揚げ

眼下に拡がるチャリカール盆地は、初夏の陽光が醸《かも》す水蒸気に包まれ、バグラムの丘陵や平地の果樹園が、淡い青灰色のシルエットになっている。

アミル・バクワティは、今日こそ凧を揚げる、と決めていた。しかし正午を過ぎても家にいた。三年も我慢してきたのに、いざとなるときっかけがないのだった。

家の泥壁には、無数の小さな孔がある。そのひとつに黒い蜜蜂が入っていった。アミルはその孔に小枝を入れたり抜いたりしている。

「余りほじくると蜜嚢《ぶくろ》*が破れる……採るのは未だだよ……。」

背後から優しい響きの父の声である。アミルは笑顔で立ち上った。

「あの凧、……揚げにいってもいい？」

「ああ、もう大丈夫だろう、今度こそな。ただ、マイン*（地雷）には……。」
全てを聞かずアミルは、家に走りこんでいた。

ジャバルスサラジの集落は、サラング峠へ向う国道から、グル・バハール村への村道が分かれる一帯にある。村道の下方の斜面に、カーブルへ遁れる難民にもなれなかった貧しいタジク達の家族が住む。アミルの一家もそんな家族のひとつである。

アミルの家から五十メートル程の所にある隣家を三年前、ロケット弾が直撃、家族五人全員が逝った。半壊した泥屋とわずかな家畜、そして樹齢百年を越える桑の老樹が残った。

その家族とアミルの一家は、血族以上の隣人として支え合ってきたのだった。

神の名を誦え嗚咽しながら一家は総出で、瓦礫と泥を手で掘り、隣人の内臓や肉片や手足を集めた。十歳になったばかりのアミルは、兄のように慕った一つ年上の友の遺体の一部を袋に収めたのだった。

土埃の舞う中に震えながら坐りこんで泣きじゃくるアミルの眼に、泥塊の間からのぞくピンク色が見えた。それは、斜めに射しこむ一条の光を受け、眼を刺し貫くように鮮烈なピンクだった。

爆風にも千切れず、板切れに巻いた新しい糸も揃えた凧だった。

アミルは、友に代って直ぐにでも翔ばしたい、と思った。しかし父は、目立つ色の凧が、どんな無用の戦火を引き寄せるか知れたものではない、と許してくれなかった。

戦いが近づくと一家は、半壊した隣家に隠れ、また、バーミヤーン寄りのアーシャワァ村近くの山に潜《ひそ》み、目立たないことだけを心がけて過してきた。アミルはいつも凧を胸に抱いて歩いた。

家に戻れば、隣人の小さな畑を手入れし、半ば野性に還り掌大の末成《うらなり》に実ったタルブゥズ（西瓜）まで収穫、乾して蓄えた。桑の老樹は変らず大量の実をつけ、隣人の恵みをもたらし続けた。何とか生き抜き、一家は今日に到ったのだった。

「マインに気をつけるんだ、路《みち》を外れないようにな……。」

妹と弟を伴ない、凧を胸に坂を下るアミルに父は、先程と同じことを叫んだ。マインは、全アフガニスタンの子供達が、誰一人それとは知らずに覚える、最初の外国語である。

グル・バハール村のポプラ林が見えてきたあたりで、赤い印を塗った杭《くい》を何本も抱えたアフガン人数人とすれ違った。

「路を外れるな、路と岩の上だけを行くんだ……。」

男のひとりが、父と同じようなことをいった。

パンシェール川の手前五十メートルで開けた場所に出た。周囲は、草叢《くさむら》に巨石が連らなる小さな氾濫原である。アミルは、平たい石に上った。

激しい流れが岩を噛み、飛沫を上げている。逆光がまぶしい。

流れの中で、顔と手首から先の陽焼けした部分を除き、真白な濡れた上半身を陽光に曝し、四、五人の若者達が、子供のように声を上げはしゃいでいる。

ブズン!

くぐもった低い爆発音が鳴り、若者達のすぐ上流に白い煙が流れた。ひとりが、小銃の銃口を水中に入れ、発射したのだった。若者達の騒ぎは、銃の発射の衝撃で一時仮死状態になった魚を手づかみしている歓声だった。

川風が、タルブゥズを切った瞬間とそっくりの香りを運んでくる。

アミルは石の上に立ったまま、糸巻きの板を足下に、右手で凧を精一杯高くかかげた。次いで、充分に風に孕ませ空中に抛り上げた。

凧は、空中を往くように思えたが斜めに走り、忽ち墜落した。草叢に刺さったように立ち、風に激しく震える。アミルは狼狽した。

流れにいた若者のひとりが、笑いながら白い歯を見せ寄ってくる。

「それじゃ翔ばない。ほら、人差指に糸を懸け、親指でこう押さえ、……ああ、駄目だ駄目だ、どれ、ちょっと貸してみろ。」

糸を右手にとった若者は、手首をわずかにひねり、手前に引いた。

凧は生命を得た。草叢を離れ舞い上る。

凧は、自らの意思を持つように空へ入っていく。

「いいか、ここをしっかり握り、そうだ、親指で押さえろ。そう、そう……。ン？　何だ、臭いな。」

アミルも感じた。風の中にひと筋、驢馬や牛の屍体が放つ、よく知る腐臭とは異質の、絡みついてくる悪臭がある。ただそれは直ぐに、パンシェール川の爽やかな匂いに戻った。

若者は、逞しい背中を光らせながら、石から石へ跳んで流れに戻った。

下流の空高く、鮮やかなピンク色の点が翔ぶ。青空の中にそれは、ヤクート（ルビー）のように輝いている。出つくした糸の末端は板切れにしっかり結ばれていた。その板切れを左手に握り、右手の糸を引く。

男達が流れに銃を発射する音が響いては、笑い声が湧き上る。

ひと吹きの強い風と共に再び胸の奥に貼りつく腐臭が届き、それは糸を鳴らした。風上に放置された何者かの遺体が放つ屍臭に違いなかった。アミルは、わけの解らない不安を感じ、我に返った。

振り返ると妹と弟が草叢に入り、ザンベク（あやめ）の花を摘んでいる。

「そこへ入っては駄目だ、マインが危ない！」

アミルは、父や途中出会ったアフガン人と同じことを、妹たちに怒鳴った。

白昼の星となり空高く輝くピンクの一点と自分がつながっていることを、友の魂に手が届いている、と感じた。

凧は、左右に揺れたかと思えば、さらに上方へ昇ろうとする力をアミルに伝えてくる。

妹と弟が手を取り合い、林の中へ入っていったことにアミルは気附かなかった。

背後の林で、銃声とは異なる破裂音が響き、小さな振動が足元を走った。流れの中の若者達が一勢に動きを停めて振り返った。

ババ・サルカリ

秋から冬へ変るのが今日か明日かという十月末のカーブルで、異常に高温だったこの日、空には無数の鳥が群れていた。

川向うのモスクから、アッラーフ・アクバル（神は偉大なり！）の斉唱がどよめきとなって届く。

「サラーム。……あんたも南へ下った方が……。ホジャ・サライまでシャマリ（北の連中）が来てる。……あ、それからこれ、何度も悪いのだけど頼むよ。」

午後の陽射しを遮って痩せたタリバンの若者が立ち、黒いルンギィ（頭衣、ターバン）を、巻いた形のまま頭から外して解きほぐしながら、ババ手造りの小さな椅子に背を向けて腰掛けた。

胸に抱えこんだルンギィで隠すようにカセットテープを懐から出し、後手《うしろで》に地面へこっそり置く。

ルンギィから、汗の饐《す》えた臭いが漂った。

カセットの蓋が外れ、裏返しに挟んだインド女優のブロマイドが見える。テープは、アマ・ザエルが唄うアフガン・ポップスだった。

「おやじさん、本当にカーブルから離れた方が……。」

「ああ、分ってる、分ってる、ありがとうな。コピーは、部屋の方へ夜取りに来るといい。」

ババは、若者の首から両肩にタオルをのせ、そのへりを胸の方へ垂らしながら、両掌で肩を軽く叩いた。それは子供をあやすような手つきだった。若者の背に、甘えた空気が漂う。

脇に置いた洗面器から右掌一杯に水をすくい、ババは若者の頭を濡らしながら撫でさする。

左手で剃刀の入っている木箱の中を探りながら、一昨日カンダハルへ向った次男を思った。

そして、初めて洗面器を右側に置いていたことに気づいた。

「ハラーブ、何てこった……！」

独言しながら剃刀を右手に持ちかえ、洗面器を足元へ移す。

「こんなこたぁ絶対なかったのに……、洗面器を右においてどうする……まったく……。」

ぶつぶつといつまでも自分に怒るババの声に、若者の背が少し笑った。

2002.
4.5.

ラバニ政権の間ガズニ近くの村へ戻っていたとはいえ、この二十五年、カーブルの路上に坐り、他人の頭を剃りつづけてきた。

プリ・ヘシュティ（煉瓦橋）からひとつ下流アブドゥル・ラーマン廟前の橋のたもと、新市街側の角の一メートル四方がババの全宇宙だった。

平和時、徴兵での入営を控えた若者が頭を剃ってもらいながら泣くのを、一杯の茶をすすめてはなぐさめたものだった。その頃、「サルカリ（剃髪）」は、兵役を意味することばだった。

「今は戦争もなし、ヤウ・ドゥア・ドレ《おいち・にい・さん》……で直ぐ帰ってこれるよ。」

長男の頭を剃ったのは、そのタリバン入りに際してだった。

内戦で長男が逝った後、次男の頭も剃った。かつての路上床屋仲間は全て去った。

政権が交代する度、カーブルの住人に居心地の良し悪しが生じていた過去と、このところの空気は、異質の空気、と感じるのだった。

アフガニスタン人、のひと言にひっくるめられてきた北や南、山や平地のさまざまな人間がそれぞれに、また相互に抱えてきた揉めごとや愛憎とはかけ離れた、ババには見極めのつかない大きな力が及んできているように思え、未知の不安を感じていた。

血を誇るより、自分をカーブルの人間、と自然に思うようになっていたことに気づいた。

دیوانه نامه

カーブルへやって来るあらゆる種類のアフガニスタン人の頭を剃ってきた。頭の形でその客が何族かをひっそり占って楽しんだこともあった。そんなことも考えなくなってしまった。ババは、カーブルを愛している。しかし今、この二十五年間、何をしてきたのだ、と初めて考えた。

マン・ジャネ・ハラーバタム（吾が邪悪の地）

「このあたりで降りてくれるか。パシュトゥンには特にうるさいんでね。ハラーブ・ザダ（糞ったれ）！　じゃあな、ホダエ・パウマン*（神と共に）！」

ヤワーズィと五人の男達は、トラックの荷台から街道へ降りた。

冬の雲が斜めに横切る空とベイージュ色の大地を分けて、赤錆色の枯草が拡がる。

ドライバーは、ひと握りの水色の飴をヤワーズィ達に投げると運転席へ戻った。

乾いた音をたてて路面に散った飴のいくつかは割れ、フェローズ（トルコ石）のように光る。

男達はてんでにカーブル方向へ歩き始めた。

ヤワーズィは、飴の破片をひとつ摘まみ上げ、舌に載せた。

四日前までいたペシャワルでは、夾竹桃のピンクの花や、炎熱を栄養に色濃いブーゲンビリ

ヤの赤紫色の萼《がく》が、街の喧騒を彩っていた。

寒気が全身を包む。

ヤワーズィは、路面に散った飴の全てを懐に収め、中国製ラジカセを胸に抱くと歩き始めた。口中に拡がる甘味が、空腹で朦朧としていたヤワーズィの心に、明確な意志を甦えらせた。

「ああ、ああ、邪悪の地、吾が生命、マン・ジャネ・ハラーバタム……」

ヤワーズィは、高い声調で口ずさみ始めた。

ゆるやかな大地の起伏の彼方に、シェール・ダルワザ（獅子門）山の灰色の稜線が見えてきた。


五時間近く歩いた。行く手右方の空に細い月が懸かる。

シェール・ダルワザ山北側の懐に抱かれるようにあるカーブル旧市街の最奥、五百メートルに二百数十メートル程の一帯をショロ・バザール、と人々は呼んでいた。カーブルっ子はそこを、世界のバザール始源の地、と信じていた。

カーブルは二千数百メートルの丘陵が囲む高原の盆地である。ただ、カーブル川南西、シャーリ・コナ（旧い街）の山寄りの一帯だけは、葦が繁った湖沼に始まるというカーブル誕生伝説を思わせた。そこでは、どの路地を往っても足元に湿気が澱んでいた。

دیوانه نامه

ヤワーズィは、崩れ果てた街並みには眼もくれず、ショロ・バザールを目指した。

角柱下部のタイルや三叉路とその先の不規則な泥道で、ヤワーズィの身体に路地の地理が甦える。

皮なめし液、欧米から届く援助物資の古靴を何日も漬けこんだ水槽*、チャードル*（ブルカ）染め直し屋の染料桶には、重く冷たい空気が沈澱していた。生阿片やハシッシュが、胸の底に貼りつくような臭いを漂わせていたものである。

角をひとつ曲がると、その奥で屠られる羊、山羊、駱駝、牛、驢馬達の血と脂と肉、皮と骨の生暖かい臭いが流れ出し、そして、人間が生きる場の証として、バザールの隅々まで糞尿が臭っていた。

そのショロ・バザールが今、臭いもなく乾き切っている。瓦礫の間に辛うじて生き残った雑貨屋や小さなチャイハナ（茶館）の上の陽除け布が寒風にはためく。

凹凸の激しい泥道をヤワーズィは、棉花の山を踏んで歩くように、揺れながら往く。

ヤワーズィは足を止めた。

ペシャワルで見る星は、湿った暑気に滲んでいた。今見る空には、カクシャーン（銀河）が横たわり、ペシャワルの何十倍もの星が、それぞれの光輝を競い天を埋めている。

呼吸だけが熱っぽく、手足の感覚は寒気に麻痺していく。胸に抱くラジカセからは、確かにサラハング*が唄う「ジャネ・ハラーバタム*」が流れている。

父は、軽く安いカバブ用の串を作っていた。

先端や手元を鑢《やすり》や石片で磨いて仕上げるのが、祖父とヤワーズィの仕事だった。

左隣の家は、鋳掛《いか》け屋だった。朝から晩まで、金床を強く弱く叩く音が絶えなかった。

右隣は、アルモニアム*の修理屋だった。その先には、太鼓屋もあった。

生れ育った家があったと思《おぼ》しい場へ、身体が寄っていく。

ヤワーズィは、崩れた壁の隅の、風の当たらないくぼみに身を沈めた。

丸く小さく蹲《うずくま》り、眉近くまで引き寄せたツァーダル（覆衣）を、顔の前で閉ざし、胸に抱いたラジカセに顎を載せる。ヤワーズィは熱っぽい呼吸がこもる小さな闇そのものになった。

その闇をデリーコンサートで晩年のサラハングが熱唱する「ジャネ・ハラーバタム」のうねるような旋律と、今ではヤワーズィの肉体の一部になっている言葉の数々が満たし、聴衆の歓声や叫びが全身に浸みこんでいく。

ほんのわずか、ツァーダルの前を開くと、小さな赤い星が瞬いているのが見え、その下を白い線が走った。

「あっ、シャーブ（流れ星）！」

拐《かど》わかし屋のイブラヒムは、三軒隣の細いテラスで、いつも痩せ犬のように寝ころがっていた。

娼婦斡旋業のイスマイルは、イブラヒムの家の二階を借り、電話を三台持っていた。髭《はなひげ》と髪の手入れに熱心で、茶・ベイージュ・灰・こげ茶の四色のカラクル*（帽子）を日によって使い分ける伊達男だった。対ソ戦にはムジャヒディン（イスラム聖戦士）としてよく戦い、山へ入って後戻らなかった。

サラブ・ハーンとザライ・ハーン兄弟の麻薬屋は、ヤワーズィの家の真裏に木戸でつながっていた。よく菓子を持ってきてくれた。二人とも艶っぽく腰の低い、サナァ（寄席）の踊り手のような美男子だった。

バチャ・バーズィ*（稚児戯び）の手配師、ガムジャン・ハーンの家は、筋向いの下水溝兼路地の奥にあり、幼い子供を伴った男や、チャードル姿の女性が濡れる足元を気づかいながら、出入りしていた。

殺し屋のクゥニィ・ジャンとバズィンガル*（男性踊り子）ビビ・カーディは、楽器職人ガム・ジャン・ハーンの家の二階で暮す、誰もが認める似合いのカップルだった。

二人の部屋に引いた電線に凧が引っ懸かると、何度でも嫌がらず外してくれるのはクゥニィ・ジャンだった。窓から身を出し過ぎ、それを後からつかまえて大仰に叫び騒ぐビビの声に、路地の人々は笑い転げたものだった。

偽香油屋のナムダリィ、床屋で楽師のアフマド・エシャラ、あらゆる紐と縄と袋を商うボルディ、銃器密売のガトカタル、仲人業のハキカト婆さんとその娘でラジオ出演したりもする歌姫ナグマ、聖地の絵を鏡用の硝子に描くナクシャワラ・ハムダリ・ジャン、チャイ屋のハキム、全員が、ひとつの家族だった。

「ジャネ・ハラーバタム」は流れつづける。家族同然に生きていたショロ・バザールの住人たちが、ヤワーズィが抱える闇の中に現れては消える。

あの夜、ヤワーズィは十二歳だった。一家とショロ・バザールの仲間たちが招かれた結婚式にサラハングと彼のアンサンブルがいた。

大詩人サラハングは、アフガニスタンの人々全てから民族・部族の違いを超え、王より遙かに深く慕い敬われた。詩人は、カーブル、ショロ・バザールの出身だった。詩人は、庶民を愛し信じ、庶民は彼を愛し信じた。

一九六〇年代半ば、ウスタド・サラハングは、通称「ジャネ・ハラーバタム」、正確には「マン・ジャネ・ハラーバタム」をカーブルでのコンサートで発表した。

その詩は、人間の邪悪の全てと共に、熱い血の流れる生命がお互い傷をすり合わせてひしめくショロ・バザールを、人間世界そのものとして、また、それを自らの心そのものとして、深い人間愛の詩に詠い上げたものだった。抽象性の強い難解な内容にもかかわらずそれは、詩を愛するアフガン人の心を忽ち捉えたのだった。

旧市街のレストランが式場だった。ステージの真紅の絨緞に、サラハングは、百キロ近い巨軀をやや上向きに、ゆったりと胡座をかき、仲間と談笑していた。見上げるヤワーズィと眼が合った時、サラハングは微笑した。

花婿と花嫁が会場へ入ってくる。大地が揺れるような声が響き渡った。

アルモニアムの送風板を離れた左手の人差指と中指が、天を指したかと思うと空間を掻き寄せるように降りてくる。サラハングはその掌を、自らの胸にあてた。次いでその掌を人々の方へ差し出した。ヤワーズィは、それが自分に向けられ、心を与えられたように思った。

「アアア……ア、ア、ア……ジャネ・ハラーバァタァーム……ああ、邪悪の地、その地は吾が生命、この魂、吾が邪悪の地に、その地の主に仕えよう、心の全て、敬い慕う、この生命もって、吾が父に仕えるがごとく、……ア、ア、ア……お前のその地は、お前の生命もまたお前の邪悪……ジャネ・ハラーバァティ、チュ・ジャネ・ハラーバァティィィ……」

人々は手放しで泣いた。ヤワーズィも、涙を流した。

あの夜、ヤワーズィの身体の芯で、ショロ・バザールの全ては新たな生命を与えられて輝きを放ち始めたのだった。

「お前は、優しすぎる程に優しい。身体も強くはない。頭で生きるには、これから英語かフランス語を身につけておいた方がいい。」

ヤワーズィは、祖父が薦める英語学習を理屈抜きに受け入れた。見知らぬ新しい世界がそこにある気もして、米国のヴォランティアによる新市街の学校へ通った。

五年も経ず、王宮を血に染めたクーデターで学校は消えた。政変、そしてソ連軍侵攻と支配、全土的なジハッド（聖戦）と、ショロ・バザールの外では嵐が吹き荒れていた。ジハッドへの参戦でバザールを出る者も多かった。

ショロ・バザールの濃密な空気が眼に見えて粗くなっていった。

知人を頼ってペシャワルへ遁れることにした祖父とヤワーズィを残し、一族は、故郷ローガルへ去った。

ペシャワル新市街、サダル・バザールの小さな絨緞屋で、祖父と二人の日々は始まった。ヤワーズィのつたない英語が、少しは生活の足しになった。

ヤワーズィのラジカセからは、四六時中「ジャネ・ハラーバタム」「ジャネ・ハラーバタム」が流れていた。

あの婚礼の夜の微笑と「ジャネ・ハラーバタム」の詠唱は、ヤワーズィが生きていく最も確かで強固な支えとなり、いつの日か必ずショロ・バザールへ戻る、と決めた心を後から押しつづけてきた。詩を支えている「ハラーブ」の一語が、とてつもなく深遠な「滅び」と「悪」と「哀しみ」を含む語であると、少しづつ少しづつ理解していった。

祖父は、カーブルへ戻りたい、と言いながら死に、病弱なヤワーズィはムジャヒディンとして出撃することもなく、ペシャワルに二十年を過したのだった。

ヤワーズィの身も心も、十二歳だった日々の、あの婚礼の夜に戻っていた。

アフガニスタンの大地を渡る風のように、また、路地の片隅にしゃがんだ幼な児のすすり泣きのように、また、猛々しい若者たちの怒号とそれを収める長老の重いひと声のように詠い語るウスタド・サラハングを、ステージの直ぐ下で膝頭を両腕で抱え、仰ぎ見ていた。

ツァーダルで頭から爪先まで包み、両手で内側から閉ざした小さな小さな闇の中は暖かく、その闇の中で「ジャネ・ハラーバタム」に身も心もゆだねているのはヤワーズィだけではなく、ショロ・バザールの全ての人々だった。ヤワーズィの両頬を涙が流れる。口元には笑みが浮かんでいた。

用心深く石畳を踏む驢馬の足音が近づいてくる。気持ちが一段と安らぐ。

シャーリ・ナウ（新市街）の金物屋がカバブ用の串を仕入れに来る時の、あの灰色の驢馬の筈、後から従いてくるのは金物屋のあばた面、ジャワーリ・ジャンだ。「ジャネ・ハラーバタム」を、驢馬も一緒に聴くといい……。

「おい、……おい、……ジャネ・ハラーバタムのペタ（カセット）が鳴ってたのか、もしかしてあんた、ヤワーズィじゃないか、……おい！」

ひとりの老人が驢馬を停め、丸く蹲《うずくま》ったツァーダルのうつ向いた顔のあたり、布の表面に白く霜がついたあたりに手を伸ばした。

バチャ・サンギィ

「岩になれェ、岩になれェ、岩になるのだァ……！」

一族の長老でもあるアザムの祖父が、十五家族を率いて北へ向かったのは、ガス弾に仆《たお》れたアザムの父の埋葬から三日後だった。

度々祖父は立ちどまり、掌や唇を岩にあて、地面にも掌や耳を押しあて、岩や土の呼吸と沈黙の中に異質の力が及ぶのを読みとるのだった。そうしては音が届く前に戦闘ヘリやミグ機の接近を予知した。

祖父の叫びに人々は頭から布をかぶり身を屈め、空中の猛禽を察知して忽ち泥塊や小石に化ける小動物や昆虫の擬態のように、地面に溶けこみ谷に同化するのだった。

やがて谷全体が身震いし、百も二百も同時に落雷がしたように轟音が谷を埋め、大型の攻撃用ジェットヘリが姿を現わす。

しかしたとえ、地上二、三十メートルの高度にホバリングしていても、人間と泥と岩を識別するのは不可能だった。長老に率られ、一族はとにかく生き抜いてきた。

その後十九年、一族は、クナール川源流域の岩だけの谷で生き伸びてきた。下界では、外国からの侵攻や内乱で戦いが続いていた。

アザム一家は代々石工である。石工といっても、石に加工するわけではない。岩壁から足元に転がる石にいたるまで、全ての石の心を読み、語りかけ、その生命を測る。崖のふちに造る岩屋が、アザム一家の手になると、平原の中の泥屋のように暖かく安心なのだった。

そんな岩屋に過す人々が経験する安らぎは、一家が統率する旅にも共通していた。アザム一家に従ってさえいれば、山中に生き永らえてこれた。

四年前、ジェット音が誘った落石で祖父は世を去っていたが、アザムは、下界の戦いとその党派や政権の行方に無関心だった祖父の姿勢を継いでいた。

ヌリスタンの山びとを、イスラムに改宗して一世紀余になる今日でも、カフィール*（不信心者）となじる下界の声も無視している。風を聴き岩に身を寄せ、山気を全身に充たそうとするアザムを人々は、ピール・サンギィ（石の長老）の孫は矢張りバチャ・サンギィ（石の子）だ、という。

'98

二十日振りにパンシェールでのエメラルド掘りから戻ったアザムは、石積みの上に祖父を偲んで置いた石の傍に立った。それは岩にもたれて二度と動かなかった祖父の頭とそっくりなのである。

「ババ、北ではタジクが山へ遁げ、ハザラが大勢殺され……大変みたいだ。俺たちは大丈夫、今年は八人も生まれたよ……。」

アザムは、まるで祖父に話すようにいつまでもその石に語りかけていた。

دیوانه نامه

IV

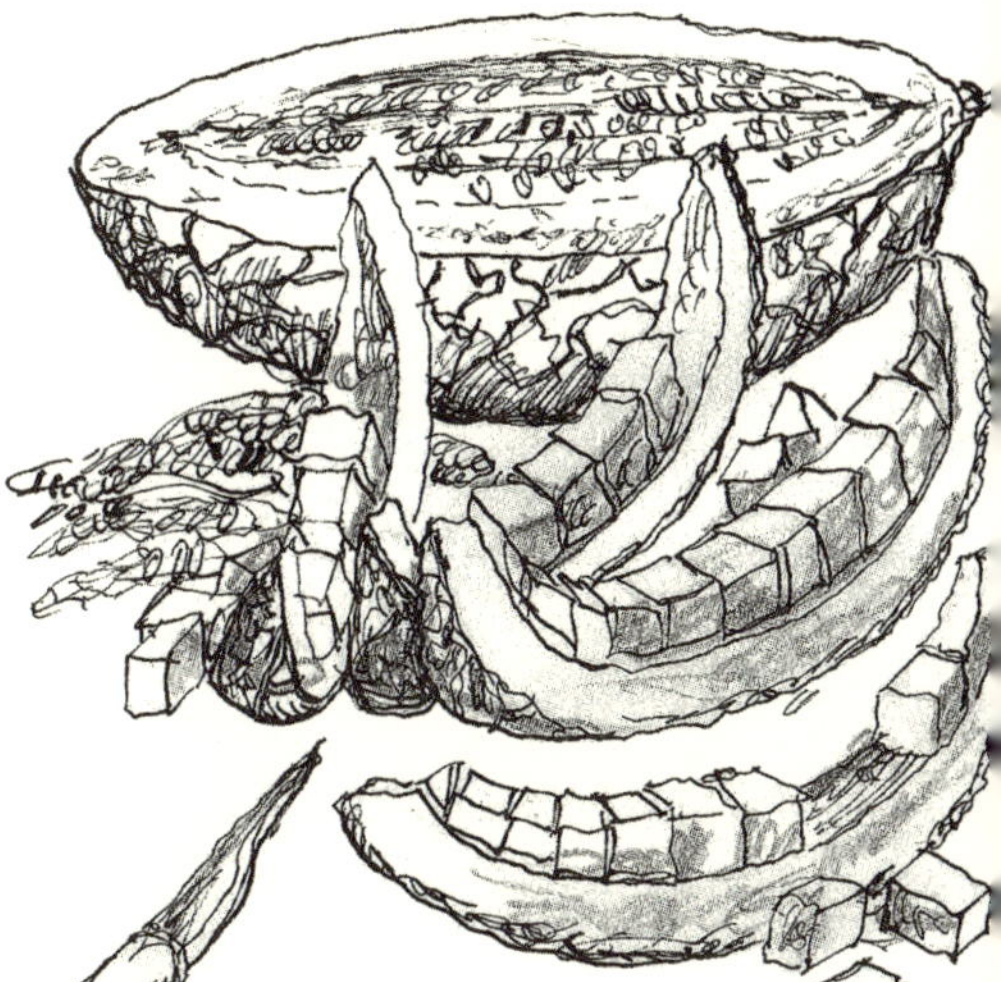

雪下し

「ザヘラァ、ナンと茶だけで生きてる、すっかり軽くなったお前さんはともかく、西の谷のナジはよお、雪降ろしの最中、天井と仲良く下に陥ちて泥に埋まったってよ！　小金溜めこんで、友達に金貸して、肉とローガン*（脂肪）ばかり食って肥り過ぎてたのよ……。」

家の再建より先に冬を迎えてしまったザヘル・ハーンはこの日、チャイハナ（茶館）屋上の雪下しの賃仕事をもらっていた。

店の持ち主は、幼な馴染みのスルタニである。

ろくに食っていない日々を重ね痩せ細ったザヘルに、永いつき合いとはいえひどいことをいう。

ガズニ一帯、時に豪雪が襲う。梁の上に敷き詰めたポプラの枝が老朽化すると、その上に塗

り固めた泥が水を吸った時、重量に耐えきれず屋根全体が落下する。特に積雪後の陽光や室内の高温は、天井の崩落を誘うのだった。

三十年近くトラックを運転しながらザヘルは、セメントと煉瓦の家を夢みてきた。

戦乱はバーブル・サンギィ山地の谷間の家と両親を奪った。カーブルで借家住まいだった一族と共にパキスタンへ流出していたザヘルは、昨夏十三年ぶりに帰郷した。

泥の山と化していた家の跡で食うや食わずの天幕暮らしを続けながら、家の再建を目指している。

「お前さんの店のこの屋根、次の雪でつぶれるな。俺の天幕で寝起きした方が無難だと思うがね……。その後でも生き永らえていたら、俺の新居の屋根で雪下しやらせてやるよ……。」

やり返したつもりだった。

雪の照り返しにまぶし気な表情のスルタニは一瞬軒先を見上げ、すぐ視線を地上に戻し、大声をあげた。

「そこ終わったら寄っていくよな。茶だ。茶、のんでいけよ！」

「ああ、ありがとう。メラバーニ。凍り始めると厄介だ、さて……。」

ザヘルは雪下しの板をとり直した。

地面からも家々からも蒸気が昇り、とろけるように心地良い陽射しがあふれる午後だった。

国境

隣国の都合で、ある日国境が立ちはだかる。

大国が己れの都合で、小国に圧力を加え、小国は、自国より立場の弱い隣国へその圧力を回す。その最も手っ取り早い手段が、国境閉鎖である。通行自由と信じていた所に手続きや警備が生まれる。ある日、ある時、突然に、である。


「アガ兄、アリの奴、また唄ってる。狂ったんじゃないか。」

「オレだって狂いたいよ。さっき岩蔭でムウタイ（剣の柄）シゴいてたんで殴りつけてやった。まったく……！」

「じゃ今朝、兄貴はなんでオレを殴った？」

「お前が国境越えは大丈夫ってから来てみりゃこれだ、バカ野郎！　旅券・査証なしで大丈夫か、ってダリィ*（アフガニスタンのペルシャ語）で俺達に話しかけた心配顔の国連のハリジ（外人）共に、少し喋れるからってペラペラ英語あやつって、にやにやして。東部国境は、英国とロシアの都合で出来たもので、私共認めていません、私共、胸張って通れます、と云ったんだと……。国連の奴ァ、どうせアメリカィだよ、国境はどうなってましょう、とでも聞いときゃあ良かったんだよ、この阿呆！」

十日程前、パキスタン側へ出たものかどうか、ジャラーラーバード郊外で逡巡していたカーブルからのグループ数百人の中にアガ達もいた。国境トゥル・ハムまで八十キロ弱、人々はパキスタンへ流出後の生活の不安を抱えたまま、最後の決断を迫られていた。

そこへ寄ってきた白い車にUNと大書してあり、アガ達はそれを国連の車と信じた。

国連ときけば、大半のアフガン人、特に難民状態にある人々は、さ程自尊心を傷つけられることもなく食糧か金を貰えるのではないかと考える。二十余年にわたる戦乱は、名誉と礼節を重んじ、自尊の心を保ってきたアフガン人に、とりわけカーブルでは、そんな哀しい心を育ててしまった。高等教育を経験し、英仏語が堪能な者程、欧米寄りの好意的な解釈に走り、本人が気づかないまま一種の媚びが生れるのだった。ダリィで話しかけてきたハリジが何国人で何者なのかなど、知る由もなかった。

'94春

「大学までやってロクなこたぁねぇ。外人相手にはすぐ進んだふうのことといって恰好つけやがって。アメリカイにサーヴィスのせりふか！　ハリジのことば喋れるようになった分、お前の頭は驢馬並みになったんだろうよ。初めっからお前だって、国境のことなんぞ何も判ってねぇんだろうが……。そうだろ、ええ？　国境って何か知ってんのか！」

アジ一族二十人、パキスタンへ出る、と決め国境近くラルプールまで来て、集落外れの谷に足止めされた。既に六日を経ていた。

長兄のアジは、やり場のない腹立たしさを弟たちにあたり散らすだけだった。

末弟のアリは唄ってばかりいた。

「アイ、ああその黒曜石の瞳から湧く泉、私の心に満ちて息を詰めるよ。アイアイアイアイ……。」

近くの木にとまっている鳩に似た鳥が放屁した。

職探し

ヘッド・ライトが闇から切りとった円形の視界を先へ先へ泥道が延び、英領印度時代に植林されたユウカリの巨木が果てしなく続く。視界の右側に白いペイントを塗った幹の下部が次々と現れる。左側の闇は、サッカルの水門までつづくクリークの筈である。

「……ハラブ・ザダ（くそっ）、このシャイタネ・ハウ（睡魔）め！」

ドライバー・アジは、右側のドアを少し開き、口一杯になっていたナスワル（含み莨《たばこ》）の唾を、車外の闇へ吐いた。

カンダハルからカラチへ柘榴を運んだ後スワットの石を積みに北上する道中は空荷となった。近道を、とインダス河西岸に並行するクリーク沿いの道を北上してきたのだった。

スィンド人達*で一杯のサッカルが間もなくだった。そこを過ぎれば、パシュトゥン世界が近い。ガズィ・ハーンもデラ・イスマイル・ハーン*も、パキスタン側下パシュトゥンの街である。友好的とはいえないまでも、アフガニスタン側上パシュトゥン、それも東部出身のアジにとっては、バルーチ*やスィンド達より気持が安らぐ。

濃い闇の中、赤い眼がいくつも光る。

「夜中に牛共がうろつくかね、……寝てろよ、全く。当っても知らねぇぞ……。」

闇の中から一頭の痩せた水牛がよろめきながら現れた。それは両手を大きく拡げ、立ちはだかる老人になった。

ブレーキ板の摩耗を少なくし、車をいたわる永年の癖で、ブレーキを柔らかくゆっくり踏みこむ。ハンドルは精一杯クリーク側へ切ったつもりだった。

大きな襤褸《ぼろ》布のような影が吸いこまれるように車の下へ消えた。

汗にまみれてアジは眼が醒めた。灼熱が澱む地面に並ぶ木組みのベッドには、アジと同じ職探しの男達が横たわっている。

夢の中の運転に違いない、と感じていた。コハトの難民キャンプで、水ばかり飲んでは横たわっている中での夢に違いない、とも思う。

街道外れの小さな教会前の樹でクリスマスの電飾が点滅する。この季節、アフガニスタンでは星がにじんだりはしないものだ、とアジは空を見上げながらため息をついた。

パンジャブ[*]人の警官が二人と私服が一人、順ぐりに男達を起こす。轢き逃げ犯の捜査だという。

アジを見下ろし、難民証明書と運転免許証を手に、警官の表情は動かない。

「十七年もマジリン（難民）か……。お前の車は？」

「私の車？　そんなもの……職探しですよ、私は。何か仕事ありませんかね……。」

返答半ばからウルドゥー[*]語で冗談めかし、卑屈になってゆく自分を感じる。

轢き逃げしてしまったのかさえさだかでないまま、ラワルピンディまで北上、そこでトラックのオーナーからスワットへの仕事は中止、と一方的に宣言されたのが半月前だった。その間、街道のチャイハナ（茶館）からトラック修理のサライと巡りながら運転手の職を求めて歩いた。

アフガン難民による低賃金労働は、パキスタンのドライバー達を圧迫、アジ達アフガン・ドライバーに仕事を廻すトラック・オーナーは眼に見えて減った。

サッカル近くでアフガン・ドライバーによる轢き逃げがあった旨の捜査通知は、街道筋の全警察に行きわたっており、アジは、自分のことに違いない、と怯えつづけた。

警官は隣の男を警棒で突つく。

何もかもが面倒くさくなりかけていた。

どんな苦労にも耐えてきた筈だった。ソ連軍との戦いにも生き延びてきた。昔の俺、パクティア、ジャージィ・アリ・ヘルのパシュトゥン・ドライバー、アジはどこへ行った、と思う。アジの両眼に涙が浮かび、星空全てがぼやけてしまった。

ザリーフの絨緞屋

十メートル先がかすむ程の土砂降りだが温度は変わらない。路上で撥ね返る雨脚から上る水煙が人の丈ほども霧状にたちこめ、通り全てがハマーム（蒸風呂）と化している。金糸でかがった飾り布を掛け、何かの祭壇のように店の一番奥に鎮座している巨大なクーラーは、大きな買物を期待出来る客のためにしか用いない。

「……え？　グラムいくらだって？　……そっちでも同じだろう……そう、そういうこと。カラチ？　毎年だからね、何とか切り抜けたよ。」

印パ分離・独立以来のことだから半世紀以上になる。一億五千万人とも称される在印度ムスリムの世界からは、今も、貧富にかかわらずムハジール（移民）がやって来る。富裕層は、経済的により良い環境を求め、貧困層は、とにかく生きのびよう、と移住して来

る。時期はさかのぼるが、故ズィア・ウル・ハク氏も、ムシャラフ氏*もムハジールである。パキスタンの政治の現実は、各州出身の土着性の強い実力者とムハジールとの間で演じられる権力交代劇、ともいえる。

貧困層は、商工業が盛んな都市、と取り敢えずカラチへ向う。そこへ、アフガンの南部パシュトゥン系マジール（難民）が加わり、古来の土地っ子スィンディ達の貧困層を圧迫する。そんなカラチだから、雨期直前の、四十度を上廻り湿度が八十パーセントにもなる、アラビア海に面した猛暑は、ムハジールとマジールと仕事も行き所もないスィンディをかり立て、けしかけ、導き、殺し合いをやらせる。そんな時、金持ち達は、クーラーを寒い程きかせた家々に閉じこもる。

カラチ港の外へ向けて伸びる長大な突堤先端にある貯油センターから、タンク・ローリーを転がして戻ったハナカイが、ドバイで働く弟と電話中である。

「ムハジールもスィンディも、金持ちは大人しいさ……。カラチのアフガン達がどうかって？　いつもの通りさ。カンダハルから来てた連中が先週、カラチの連中と撃ち合ってェ……。」

嫁入りを控えた長女に純金の腕輪の二、三本は持たせたく、このところペシャワルのバザールや湾岸各地にまで、金製品の値踏みに忙しい。

同郷・同村出身の難民達はペシャワル旧市街西端、鉄道を跨ぐ陸橋に近いサライにあるザリーフの絨緞屋を連絡と昼寝の場とし、電話局代わりにもしている。

ザリーフは茶や飯を供し、同郷者達に尽くしているように見える。しかし、小銭貸すにも利息を計算し、車は賃貸し、絨緞運びもやらせ、しっかり利を得ている。それでこそザリーフ、と誰もが納得ずくである。

ザリーフは、スレイマン山中の一パシュトゥン部族、四百家族程を率いる族長の次男である。代々、全員が山賊のようだったこの部族も、近年は、ドライバーを輩出してきた。しかし、ザリーフは、一時間のドライブにも、青ざめて寝こむ程車に弱い。その分、神はこの男に商才を与えられた。電話を終えたハナカイにザリーフがにじり寄る。

「ハナカイ・ジャン、ほれ、この腕輪。先月、金の安い日があったろう、あの日の値でいいよ。五個あるけど……どう?」

密輸入自動車転売の手数料を受取りにきていた、元ムジャヒディン（イスラム聖戦士）のリーダー、コマンダン・ピール・ムハムマド・ハーンは表情も変えず天井の扇風機を見上げ髭をしごく。

天井の隅にヤモリがはりつき、微動もしない。

ペシャワル

太古、人間創造神、原人プルシャは、闇の宇宙、光の天空を翔び、その手から青い蓮の花弁を地上に降らせた。その一片が北の水と西の水が出会う土地に舞い降りた。

人々はこぞってその地に集い、都を建てた。

青蓮華都プシュカラヴァティ、流れが変ると、それに従って所と名をプルシャプーラと変えもした。ヴェーダが謳い伝えたこの都はその後も青蓮華の心を失いはしなかった。それは、人間の全てを受け入れる宇宙の心である。

今日、人々はペシャワルと呼び、土地の者はパハワルという。

キッサ・ハワニ（語り部の家並み）通りでかつて、友情と復讐、信頼と裏切り、愛と憎しみの物語、そしてカラワン（キャラヴァン）が伝える遠い国の様子や出来事を語った者達は去ってしまった。

ジャムルウドから、アフリデイの大長老アフマド・バーズ・ハーンは、若い者七人を従え、三年振りにペシャワルへ出てきた。小銃はこの数十年禁止されているが、誰もが懐にはベレッタを帯びている。

「カーブルでやるロヤ・ジルガァ*に全アフガニスタンの長老数千人が集まる、だと？　金が欲しいだけだ。私達はわけが違う。ジャラーラーバードも、パクティアも、大長老達皆、ペシャワルに入っている。ホテル・パール・コンティネンタルの奥の間に全員集る……といったな。会いたい奴もいれば、いやな奴もいるが……。パシュトゥンの大長老達が集るか……。」

ジャムルウドの大長老は、腰を上げたのだった。

「盗みと殺しと誘拐しか頭にないあのワズィリスタンの大長老も来るというじゃないか……力自慢で銃も達者な、いい奴なんだよ、あいつは……。」

久方振りのハイバル・バザールをゆっくり往き、バーズ・ハーンは、白い鬚をしごきながら喋りつづける。

頭ひとつ人混みから抜き出た大男達が、ぶ厚い胸を張り、悠々と通りを往く。

立ちすくみ、呆然と見ているのは、インダス河上流域、ベシャム近くの山から降りてきたインダス・コヒスタンの男達である。

「パシュトゥンのカタァ・カタァ・マリク（大々長老）てのは、ああいう人なんだ……。」

スワットの商人に捲き上げられるよりは自分達で、と青い石、紅い石、頭佗袋《ずだ》に入れてペシャワルまでやって来たものの、どこでどう売るかもわからず、ただうろつき怯えていたのだった。

スワット渓谷のザフロン（サフラン）を、香料屋に届ける男は、いくつものビニール袋を木綿の袋にぎっしり詰め、胸に抱きこんで路地へ消える。

麻袋に詰めたケシの実の殻を手押し車一杯に積み、同じ路地へ入っていったのは、バジョウルからの荷をバスターミナルで受け取った、クナールからの難民だった。

ハイバル・バザールの奥は、全ての路地が暗く狭い。進むほどに奥の知れない迷宮になる。そこには、人間に関わる品物の全てがある。

昼でも暗い迷宮の入口近く、そこだけ陽光が射しこんだように明るい空気が坐りこんだ一角に、膝から下を失っていたり萎えていたりで、歩行のかなわない五人の男達が、それぞれの箱車に乗って列ぶ。

戦乱、地雷、事故、風土病と原因は様々である。

男達はよく透る濁声《だみ》で一勢に神の名を称え、時に節をつけて唄う。

'94·初秋
大策

ひとしきり喜捨を乞うと、互いに冗談を交わし茶を飲む。それぞれの女房や幼い子供達が現れては、ブリキ缶に入った小銭を回収、子供達もささやかな小遣い銭にありつく。その時、女達の笑い声と子供の叫びが、バザールの喧騒を上廻ってはじける。

ホテル・パール・コンティネンタルの、高い塀をめぐらせたプールでは、ペシャワル・ジェッダ間を飛ぶマッカ巡礼フライトのロシア人クルーやエア・ホステスが泳ぎ、甲羅を干す。ブーゲンビリヤの陰で、ビキニ姿のロシア女が三人、くすくすとささやき合っている。灼熱の陽光に焼けた肌の色は、皮を剥いだばかりの羊肉みたいに赤く光っていた。

クーラーのきいたロビーで客待ち顔の紳士は、パンジャブ出身の古美術商である。白い麻地のズボンのポケットで携帯電話が鳴っているが、容易に取り出せず、突き出た腹を揺すって汗をかく。

「どうぞこちらへ、皆さん御待ちですよ……。」

イスマイル派の、痩身で背の高いホテル・マネージャーは、バーズ・ハーンの手を取らんばかりに腰を低くし、一行を奥へいざなう。マネージャーの英国風の髭に、バーズ・ハーンは一瞥をくれた。

泥壁の蔭にチャール・パイを置き、灼熱の太陽を避けて静かにまどろむ部族の大長老は、プルシャの変身、と多くのペシャワリは識っている。口にしないだけである。そのうちキッサ・ハワニが復活し、大長老の前身と現在と将来を語り詠い、遠い国と人々の出来事も、テレビやインターネットより正確に、涙や笑いと共に伝えてくれる、と信じている。

ペシャワルは矢張り今も昔も、プルシャそのものであり、訪れる者全てをその胎内に置いてくれる。

マンガルの族長ザイトゥン

床に置いたランプが、広間の隅の闇を濃くする。

マンガル*の族長ザイトゥン・ハーンは、部屋の最奥に坐らせた六人の訪問者と向き合っていた。

「私は子供だった。ラマダンの十四日目が終り、十五日目の始まりの満月が昇った寒い夜、ニィカァ（祖父）と一晩中、この眼で見ていた……。」


この日の午後、アリ・ヘルの族長の次男ザリーフが、自族の三人を伴い、UNマークの車で現れた。村外れに、客の東洋人と若い者一人は残してある、一、二夜泊めて欲しい、その後はハリス派の前線に参戦する、ランチャー他の火器を携えている等々を語り、羊二頭と小麦粉ひと袋を差し出した。

一時間後、若い者十五人を背後に従えザイトゥンは、東洋人を含む六人の訪問者と対面した。ザリーフとその東洋人から旅の理由をより詳しく引き出し、自族への損得を測るつもりだった。国連の車を私有しているのも妬ましく、どうすればそうなるかをいぶかっても見せた。

「ハハハハ、ジャラーラーバードのシンワリから巡り巡ってきて私のものになった。色々あったがね……。」

八十余年前、ナーディル・ハーン将軍が、英軍をテルへ追撃した戦いに参加したザイトゥンの祖父は、ザリーフの曾祖父に生命を助けられ、一族あげての恩がある。以来、隣の部族アリ・ヘルにマンガルは負い目を感じてきた。大笑するザリーフに、ザイトゥンは、無礼だったり企みがあったら、喉掻き切って埋めてしまえばいい、と意気込んだ自分が弱気になるのを感じていた。

アリ・ヘルの村は峻険な山中にあり、パキスタンとの国境は指呼の間にある。アリ・ヘル一族の頑強さと運送業や密輸品の扱いは、常にマンガルを上回ってきた。西方のフジアニ諸族は、カーブルから南下する幹線道路に沿って生きるしたたかな平原のパシュトゥンである。

厳しい山岳地でもなし平原でもない、大丘陵の中間に生活してきた中途半端さはそのまま、マンガルの在り方、己れの性格、とも思う。

歴史を研究しているという東洋人が突然口を開いた。

「ここには、大昔の遺跡とか仏塔とか、または、不思議な云い伝えとか……。」

アリ・ヘルへの対抗意識と自族の若い者の手前ザイトゥンは、貧しく干からびたマンガルの土地を誇るきっかけを示すしかなくなっていた。また、その東洋人の質問に、しぼみかけていた自尊心をくすぐられもした。

一族中で最も美形の少年二人に茶を運ばせ、ランプを二つに増やし、牡丹柄の蒲団をアリ・ヘルの三人と東洋人にすすめた。

ザイトゥンは胸を張った。


ラマダン中の禁欲や祈りに参加し始めたばかりのザイトゥンをともない、祖父は、日没直後の丘を歩いていった。空腹のまま、夕べの祈りに参加した孫を思いやっての、丘の下のチャイハナ（茶館）への散歩だったのかも知れない。

二人の行く手に赤い満月が姿を現わした。ガルデズへつづく大平原が紫色の靄に埋めつくされるのを見下ろして二人は、丘のへりに坐った。祖父も孫もツァーダル（覆衣）を頭から被り、白い息を吐きながら大小の丸い影になっていた。

どれだけの時を過したのか、二人の足下を無数の金属音が埋め始めた。それはやがて丘の下

2002.12

方一杯に拡がっていった。

高まった月の光で周囲が青白い空気に包まれる中、二人は言葉も喉の渇きも空腹も忘れて動かなかった。

甲冑をまとい長槍を手にした古代の騎士達だった。馬を駆る騎士達が月光の中に、絶えることなく現れては前方へ拡がり進む。

馬具や武具が触れ合う音だけが響き、蹄の音も断きも聞こえなかった。騎士達は空中に浮いているのだった。

槍の穂先を月の光にきらめかせ、騎士達は平原を埋めつくし、そしてなおも前へ進む。

二人は、気をとりなおして立ち上り、騎馬軍団に近付こう、と走り出した。しかし、全ての騎士達が前へ前へ全体で滑るように動き、決して距離がちぢまることはなかった。

神の軍隊に違いない、と二人は信じたのだった。


「遺跡はある。ひとつ大きなタパ（遺丘）があり、若い者に掘らせている……。明日案内しよう。」

つづけて、神の軍のナァム・アッルム（神秘的）な話があり、それは夢ではなく自分が十二、三歳の頃に体験した真実のこと、と静かな口調でいい、眼を閉じた。

「アッ……！」

「アッ……！」

「……ッ！」

何人かの若者から、鋭い吸気を喉の奥で極く短く鳴らす、相槌や強い同意を表現する気音が、ランプの明りの先の闇の中に響く。

アリ・ヘルの男たちは眼を見合わせ、東洋人の眼にも一種の感動が驚きの光と共に横切った。それは、歴史の中に消えて久しい、今日ではヌリスタン奥の古老や山岳パシュトゥンの古老達の間でさえ滅多に耳にしない、往古の世界の遺物ともいえる気音なのだった。

ザリーフは、ザイトゥンの弟に小声で、武器関係の商談をもちかけている。

ザイトゥンは留処《とめど》もなく自分の話に滑り込み、その眼から自族の損得を測る緊張は消え去っていた。若い者の何人かは肘をついて横になり始めた。

露天商アリ

ラマダン二日目の肥り始めた月を烏の群が横切り、シャー・ファイサル・マスジッド*からのアザーン（祈りを誘う詠唱）が茜色を残す空をわたってくる。

アリはペットボトルを手にとり、陽の出以後初めての液体を口にした。しかし飲みこまず、口をすすいで後、ゆっくり地面に吐いた。

片脚を失なった茶色のバッタが、斜めに跳ねた。

大きく息をつくと立ち上り、店じまいにかかる。

「今、風にお前の歌が
コルバン《ともがら》の歌
カーブル《墓地》はもう一杯

دیوانه نامه

丘を吹く風
お前の歌、コルバンの旅を導く、幸ある旅へ……」

歌いながらアリは涙をこらえていた。夜明け前、母が呟いた、ハウ（夢）についてのひと言が甦っていた。

間もなく三十歳のアリは、土、日の二日イスラマバードの一角に開かれるアフガン難民自由市場の露天商である。

戦時、機銃座だったアフガニスタンの仏塔は空爆や砲撃の標的となり、戦いの後まで原形をとどめた遺構は少ない。その痛ましい破壊は思いがけない贈り物をもたらしてくれた、と人々は考えた。かつての調査や盗掘では発見出来なかった小さな奉納物や手造りのテラコッタが、爆撃で四散し、土地の人々の手にわたるのだった。

故郷チャリカールへ定期的に戻っていた長兄がそれ等を集め、アリの商品としたこともあったが、そもそも、古美術市場で価値大きい遺物は、パキスタンから来る仲買人達に買い占められ、内乱の当事者達も彼我にかかわりなく、軍資金として、また個人の収入として競って出土品を求めてきた。

父や長兄が戦いや旅から戻っては一族の女達が身ごもった。そして生まれる子供達の二人に一人、または二人とも命名も待たずに逝くのだった。

先日その長兄が、タリバンを名乗る者たちとの遺物をめぐる争いで死んだ。タリバンを看板にしただけで、実際は異部族間での抗争だった。父の病死三ヶ月後のことだった。出稼ぎ先のカラチで行方知れずの末弟には、いずれの訃報も届いていない。

「永いことチャリカールのハウ（夢）を見ないよ。村の水も涸れたのかねぇ。……」

「夢は悪魔の仕業というじゃないか、見ない方がいいんだよ。深くハウ（睡り）に入ってたんだよ、母さん。」

慰めはする。しかし何か起こるたびに一族の心から故郷の草木までが細まり枯れ果てるように思ってしまう。

この日は、東洋人の旅行者が馬のテラコッタの部分を買っていっただけだった。

店じまいはたちまち終った。

ラマダン中、楽しい筈の夕食も、今のアリや母、義姉やその子供達は、ナンと茶ですますしかない。

ウズベキ・ホスロー

低地まで雪が来る前に北部一帯を掌握しようとするタリバンは、主力の南部パシュトゥン諸部族の軍に、カーブル周辺出身のパシュトゥンを加え、ヒンドゥークシ北方に何代も前から入植していたパシュトゥンの若者も吸収し、日々膨張しつつあった。パキスタン側、パシュトゥン部族自治区の、テルからワズィリスタンにかけての部族から馳せ参じる若者達もいて、タリバン軍の大攻勢は、誰の眼にも明らかな姿を見せ始めていた。

攻勢が強まり、北部のウズベク*やトルクメンは、ワハン寄りに、またバダフシャンへ追いこまれ、ヒンドゥークシ山中へ退く戦法の繰り返しを余儀なくされていた。

旧親ソ政府から離反した後、航空機や戦車を含む無傷の軍事力を温存したままの、ドスタム将軍率いるウズベク軍は、マザーリ・シャリフ*近郊から動かなかった。その動向は誰にも読めないのだった。

ただドスタム将軍がウズベクを中心にトルコ系民族の勢力拡張を目論んでいることだけは、一種の不気味さと共に誰もが感じていた。

マスゥード将軍率いるタジク軍の戦線と北部の軍が連携するのは当然の成り行きだった。

タリバンの名は、パシュトゥンの名と同義語となってしまった。スンニーとシアーの宗派の違いをも戦いの熱源としていた。過去には貧しい者同士、民族・宗派の違いを越えて生活圏を共有してきた者達が、今では戦場で向き合い殺し合っていた。

北部諸民族の連合体である北方軍も、タリバンと同じく、その指揮系統は、資本家であり地主であり、宗教上のリーダー達である。彼等は、神の名の下にジハッド（聖戦）を叫び、そして、タリバンすなわちパシュトゥンを倒せ、と号令するのだった。

タリバンは、アフガニスタンを神の国であらしめよう、と誦え叫び、やはりジハッドを宣してきた。

ウズベクのホスローはこの冬、生まれて初めてバルフ近くの村を出た。北方軍に従う小麦粉補給人員として、ヒンドゥークシを北へ降りる街道の中間点、ドシまできた後、「グル・バハール（春の花）」村で交戦中の北方軍とタリバンの戦況次第で、食料や医薬品、時には携帯電話*のバッテリー・チャージ用のアダプターまで、個人的なメッセージを預かることも含め、あらゆる小物の運搬と連絡を手伝ってきた。

運べば、それが何であれ何がしかの金になり、村での暮らしより収入は大きかった。

この日もホスローは、医療班の忘れ物をドシよりさらに山中にある宿場、ヘンジャンへ届けるよう指示され、車の便がなかったので灰色の老馬シャマールをあてがわれた。

純愛詩「ホスローとシーリーン」の主人公と同名ではあっても風采の上らない独身男ホスローだが、鞍の上では何か違っていた。

勇壮なブズカシ（騎馬戦）のチャパンダーズ（騎士）を異人種のように眺め、自分が馬に乗るなど考えてもみなかったホスローが、街道脇で見上げている少年達の視線を感じると、胸を張った。

黄金色の桑の葉が散り敷く道を往きながら、冬枯れた草原を疾駆する自分を空想していた。

登坂路で喘ぐトラックからメロンの香りが流れ出る。戦いはそれとして、北部で収穫される果物の流通は、両軍の戦線を横切り、ペシャワルまで運ばれていた。ソ連軍侵攻時からそれは変らない。

「ハイコーッ！」

風となった騎士達が馬を駆るかけ声である。ホスローは叫びながら手綱を緩めた。

一瞬、怪訝な様子を見せて三、四歩足踏みした老馬シャマールは、鼻を天に向けると全速で

走り始めた。

この男の体内でトルコ系の血が覚醒したかどうかは判らない。しかし、あのかけ声が老馬に草原での日々を呼び醒まし、トラックの脇を駆け抜けさせたのは確かだった。

トラックを引き離してゆきながら、ホスローの頭から戦いの現実は、完全に消え去っていた。

ギルザイのサブズィワラ

今朝もハサン・アンダル・ギルザイ*は、街道東六キロ、タルナク川近くの村を夜明け直後に出て、法蓮草《ほうれんそう》の山を背にした驢馬と共に、カラテ（砦）・ギルザイ下のチャイハナ（茶館）へやって来た。

入口前のテラスに胡座をかくとハサンは、板を手前に引き寄せ、平原から高々と突起した台地の上の砦を眺めた。

このところハサンの頭髪と髭《はなひげ》、鬚《あごひげ》が一気に白くなり、骨太な巨体は前屈みになっていた。しかし五十年来、この初老のパシュトゥンの毎日は月の満ち欠けと同じに、自然な時の流れそのものになっていた。

轟音と共に土埃を巻き上げて南下するトラックを見遣りながら、「ガズニのサブズィ*が何だ」、と今朝もハサンは呟く。ガズニでは良い鶏糞が採れ、それを施肥した法蓮草を啄む鶏は更に上等な肥料を産し、サブズィは益々美味に、と人々はいう。

ギルザイの鶏卵を孵《かえ》してガズニの鶏は始まり、ギルザイの種を分けてのガズニの法蓮草だった筈、その卵も種も全てギルザイの水あってのことだ、とハサンはいい続けてきた。

ハサンが属するギルザイの支族アンダルは、カレーズ掘りを専業としてきた。その手になった水路は過去、どんな旱魃《かんばつ》にも涸れたことがない。先祖が掘り、導き出した台地最上部の神秘的というしかない泉は、今も湧き続けている。

古来、キャラヴァンから金品も生命も掠め奪り、剣楯に生きて剛猛を誇り、しかし王座には無関心なギルザイの歴史は、周辺部族に怖れられてきた。

カンダハルのドゥラニ*、ガズニのバラクザイ*、両大部族はカーブルに王朝を建てはしても土着の傲骨を貫けず、ギルザイの顔を窺うばかりだったじゃないか、とハサンは思う。

「カラトゥの山賊だと……冗談じゃない、山賊はガルデズから東へパクティアの山の連中だろうが……。私達はカラトゥのギルザイだ、アンダルだ……。」

流れを絶やさぬ技とその水、そして武勇はギルザイの血そのものであり、それは神の強い御意志、とハサンは信じている。

テラスに射していた朝陽が退いて建物の南側へまわり、風が流れた。ハサンは、法蓮草を微

塵に刻み始めた。五十年絶やさない朝の作業である。

「殺せ！　盗め！　攫《さら》え！」


「街へ降りる時はまた声掛けてくれ。ホダエ・パウマン！（神と共に！）」

車から下りた兄の割礼仲間*三人は、兄弟と抱擁を交わし、熱風と共に灌木の間を去っていった。幼な馴染み達とはしゃいで過した三日間が終った。自由だった時間の名残りを振り切るように兄マームールは、エンジンを空吹かしする。大音響のナグマ*の甘い唄声とエンジンの排気音が崖に反響する。

「兄貴、ババ（祖父）に聞こえるとまた……。」

弟ムト・ハーンはラジカセのスイッチを切り、マームールもエンジンを切った。

三十メートル程、瓦礫だらけの急坂に刻まれた小路を登り、先年の地震で崩れた崖のへりへ出る。

カラ（砦）の入口近くでチャール・パイ（木製ベッド）に腰掛けている祖父が、黒々とスルマをさした眼で兄弟を睨んでいる。二人は、もじもじと身をよじった。

「何日もジャラーラーバードで何やってた、ペシャワル帰りの馬鹿共が……。」

兄二十五才、二才下の弟、共に幼い頃ペシャワル近郊の難民地区へ遁れ、そこで成長した。州の仕事にでもありつこうと三ヶ月前に帰郷、しかし敗色濃いタリバンとカーブル政権の動向を窺うだけの主部族シンワリの混乱の中、弱小支々族ザムライ・ヘルの二人に出来ることは知れていた。シンワリから分の悪い仕事の一部を割り振って貰うか、街道のこそ泥めいた小悪党であるしかなく、しかしそれは、支々族の者達が何百年も続けてきた生活だった。

メーマン・ハナ*に、黒の背広と白のシャルワル・カミースをすっきりとまとい、頭には上質のカラクル（幼羊毛の帽子）を被った商人風の客がいる。父が相手をしている。兄弟は、その男が蒙古系、と気附いた。

チャール・パイに寄ってきて、小声で何かいいかけたマームールを祖父は手で制した。

「あの男は、パキスタンのハザラで、宝石屋だそうだ。マラカンドの長老からジャラーラーバードのチャクマイ・ハーンをとおして頼まれた。バグラム基地の外人目当てらしいが、マフムード・イラキまで送ってくれ……と。手前のタガールまで迎えが来る、といっている。」

外国軍が既にバグラム基地に入り、カーブル入城を果たした北方軍は居丈高な無法状態を生み、パシュトゥンにとっては険悪な空気がふくらんでいた。

兄弟に浴びせた罵声が断たれたことに祖父は苛立ち、顔色を窺うマームールの眼を見て新たな昂ぶりに顔を赤らめた。

「何だ、その靴は！　アングリシかぶれおって……。」

「アメリカイだよ、棉の上歩いているみたいに楽なんだ。ババも履いてみれば、その……。」

「どっちだって同じだ。それに、棉の上だと……、だから脳味噌まで柔《やわ》なんだ！　何も彼も腑抜けになりおって。ウルスィ（ロシア）とのジャングナァ（戦い）はしっかり歯ごたえあったが、分捕った靴だってうんと硬かった。そもそも今は何だ！　わし等、パキスタンが無い頃*からの者は虎、お前等のおやじ達は狼みたいに戦った。今の連中ときたら、北の奴等もお前等も、仔羊か仔山羊の喧嘩だ！　それに従いてもいかん奴ァ、ひよこだ！」

祖父の自慢と苦言がまた始った、と兄弟は眼を見合う。

捉えようもない速さで小さな影が絶え間なく前庭をかすめる。頭上をインコの群が横切っていったのだった。太陽が真上にきていた。

「ババ、中に入った方が……。」

「何をいう、客は見てなきゃいかん。……それはそうと、あのうるさい、誰の物かも判らんUNの車は何だ！　ベンズィン*ばかり食いおって。ザムライ・ヘル皆が痩せるばかりだ。そのラジオはバッテリ食うし、冷蔵庫、映らないテレビ、風のこない扇風機……。」

「そりゃババ、電気繋《つな》がないから……。あの発電器に……。」

「発電器だとぉ！　あいつもベンズィン食う。ベンズィン買う金を初めに持ってこい。悪い奴の隠してるハバール（報せ）は、それを喜ぶ者が金で買う。嘘のハバールはいかん。正直でなきゃいかん。嘘のハバールで殺されても仕方ない。

信じられる者のバダル（復讐）の手伝いなら胸張って殺せ。わしが関ったことで、ジルガァ（長老会議）があったりフーン・バハ*（血の報酬）が問題になったことはないんだ！　相手を誰かきちんと確かめてから殺せ。どこの誰かも知らずに攫《さら》ったり殺したりするんじゃない。土地も女も持たん奴が、つまらん物ばかり持って来おって……。ちゃんと殺せ、ちゃんと盗め、ちゃんと攫え、ちゃんと密告しろ、馬鹿共！　肉になる物を……金に換る物を……。」

「マームール、車出してくれ。タガールまで……。」

メーマン・ハナから客と共に現れた父の言葉に、兄弟は明るく答える。

「ああ、判った。ババから聞いた。今からなら明るいうちに戻れるよ。」

客と父が崖を下ってゆき、小石が転がる乾いた音が上ってくる。後を追う兄弟の背中に、ババは変らず怒鳴り続ける。

「きちんと殺せ、盗め、攫え、いいなぁ！　わし等は、パキスタンなんて国がまだ無い頃からそうやってきた。ちゃんとやってきた。いいか、お前等……。」

終りの方は、クラァーンの、いつものスゥラトゥル・アスル（斜陽章）を叫んでいる。兄弟も呟くように復唱しながら、崖を跳ねるように下る。

「ビスミルラーヒルラフマーニルラヒーム……ワル・アスル・インナル・インサーナ・アーマヌー……。」

陽傾く刻に我誓う……ひとはまことに救われざる喪失の中にあり……しかし、信・善・真理を互いにすすめ……、と続く、多くのムスリムがその簡潔さもあって愛唱する、クラァーン中の名章のひとつである。


迎えの車に客を渡し、父と兄弟は、午後遅めの光を右斜めから浴びながら、山中の悪路をサロビへ向かっていた。前方には南下するパシュトゥンを乗せたトラックが二台走っている。

三人には悪路も楽しかった。父の懐には何がしかの謝礼が入っていた。サロビまで出れば、荒れてはいても、舗装道路である。ジャラーラーバードで肉と茶と砂糖を買うつもりだった。

その頃、外国軍の攻撃用ヘリ二機が、街道沿いにパシュトゥンの車輌を銃撃しながら後方に迫っているのを三人は知る由もなかった。

パキスタンから来た商人は、迎えにきたタジク人のすすめもあり、ＵＮマークの車に乗った

2003.4
عبدالله

三人のパシュトゥンについての情報を、報奨金と引き換えに北方軍へ連絡したのだった。

糞夫

東の空に陽の出の気配は未だ見えない。満天の星である。薄い靄の下、カーブルは睡っている。屋上での祈りを終え、ゴラマサンは、小さく身を震わせた。

一階台所脇の小部屋で、仕事着のまま横になる。

アザーンを耳に微睡《まどろ》んで間もなく、パシュトゥンのマネージャー、ワズ・ハーンの大声が上階から降って来た。

「ゴラマサン……、四階のドヨム（二号）室のパイプがぁ……。」

またか、という気もない。あのシーク教徒の印度商人が泊った時予想していた。縒《よ》れた蝶ネクタイを外し、シャツの袖を捲くり上げながらゴラマサンは、四階へ向った。

دیوانه نامه

王政時代、父は市の清掃員だった。ローガル出身のハザラにとって恵まれた仕事、といえた。毎朝八時、二十名の仲間と王宮前へ行き、サッカー場程もある広場に早朝、人々がしゃがみこんでは残した無慮数百の人糞をスコップで掬《すく》い、トラック荷台に敷いた泥に抛り上げる。トラックと入れ違いに、果物や野菜を背にした驢馬や、飲みものや軽食を積んだ手押し車が続々と広場へ入り、市が開かれるのだった。

ゴスワラァ（糞拾い）と蔑む者がいても父は超然としていた。

「死人と遺族に導師、戦いに兵士、病人に医者、貧乏人に金貸し、……皆、必要で大切な人だ。だがな、痛みや苦しみや悲しさあっての仕事。私《わし》の仕事は違う。世の中、どうなろうと人間は糞をする。生きてる証しだ。スコップを地面に向ける度、神様が背中を押してくれる、それが判るんだ……。」

五十才で父が退職した頃、兵役中に知ったホテル・オーナーの息子との縁で、安宿バーズ・ホテルにゴラマサンは職を得た。そして以前から決っていたように、主な仕事は、年中詰まる水洗便所のパイプ掃除だった。

薄氷を破り、便器の奥深く手を差し入れる。パイプの奥に詰った諸々の汚物を素手で取り出し、また押し込む。

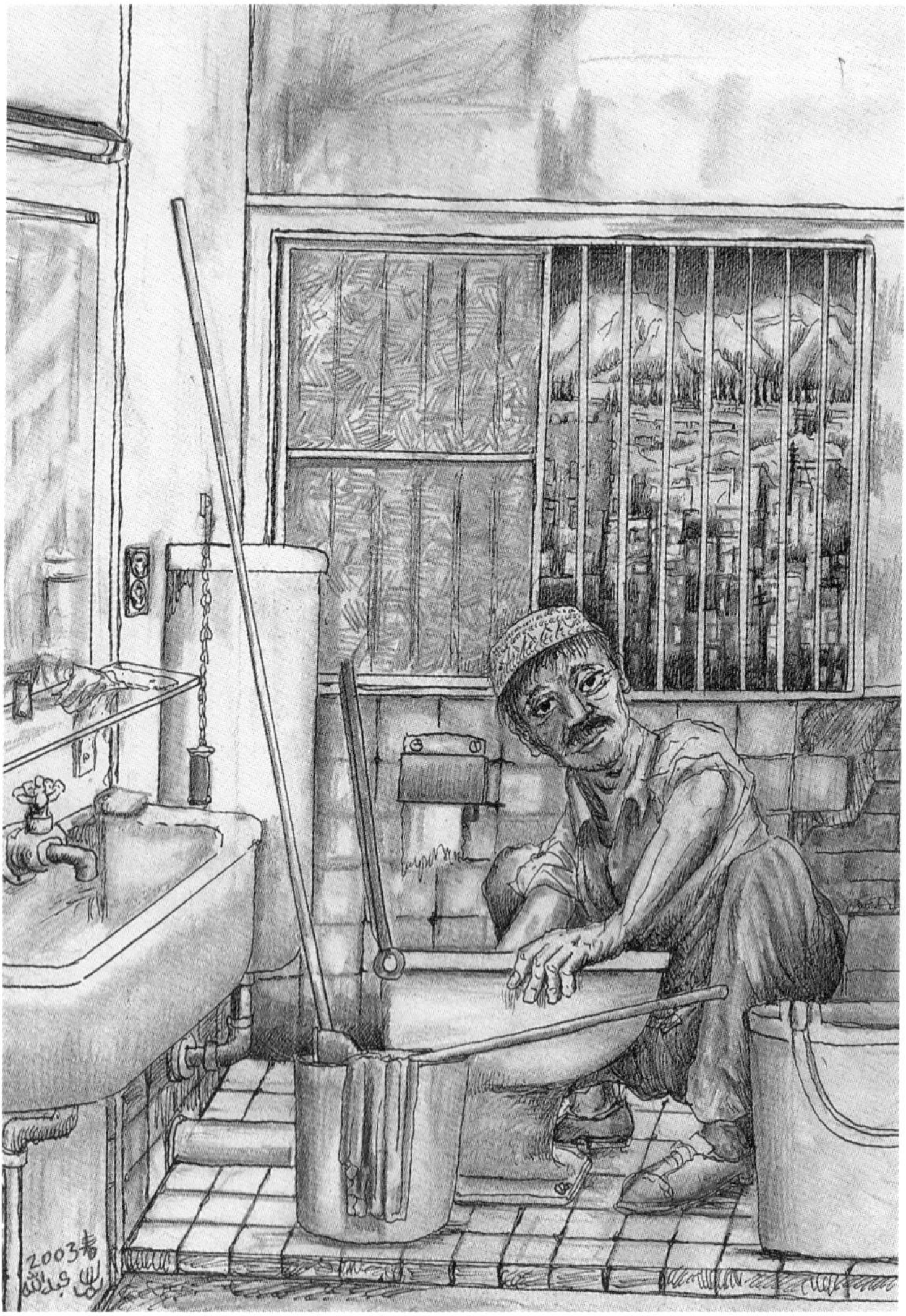
2003春
عبد الله

時々思う。水洗は、眼の前のものを見えなくするだけで、地上から消したわけではない。流れたものは、どこかに在る。ゴラマサンの質量不変の法則である。

大地に在るものは、獣や虫、光や風が泥に還す。それを汚い、と感じたことはない。

父も子もモスクには決して入らない。しかし、日夜くり返す祈りは深い。

دیوانه نامه

V

聖驢馬

青鼠色の雲が下界を覆いつくし、西の果てに一本だけ細く浮いた赤金色の光芒が見る見る小さくなっていく。マルサミール山へ続くアフイハタンの、鋭く弧を描く稜線の肩に純白の満月が姿を見せ、忽ち尾根を離れ中空に浮いた。

月の出は、それまで仄かに暮色を残していたアフイハタン西斜面の肌を、一気に巨大な漆黒の壁に変えた。その闇と平原の東が接する一帯を靄が流れる。

闇が暗い青紫色の空気へ変化するあたりを、朦朧とした球形の光が、眼には判じ難い程の緩慢な動きで下って来る。

既に寝ぐらを定めていた椋鳥達が騒ぎ、五、六羽の鵲《かささぎ》が平原を横切り滑空していった。

日没時の祈りを終えたババ・シェハーブは冷気の中、直ぐには立ち上らず、驚く風もなくその光を見やった。まだ十歳位だった、六十年前のある夕暮れ時が甦った。

二十世紀初め、西欧化を急ぐ王への反抗が、パシュトゥン諸部族を中心に起り、それは全土的な混乱を招いた。

チャリカール東の谷から、ババ・シェハーブの祖父に率いられた十八家族が、乾き切った岩だけの谷を東北へ詰めていったのも、それ以外生き延びる道がなかったからである。

一ヶ月余の旅の後、全員が仆き斃《だお》れるしかない、と思われた時、アフイハタンの峰の下の谷間の小さな平地へ出た。既に秋が終わり、周囲の峰々には冬が来ていた。

五分歩けば横切ってしまう小マイダン（平原）の半分を湿地が占め、そこには、小さく深い池があり、最低限の水は確保出来た。

一族は、日々迫る冬と競って家を造ったのだった。

アフイハタンの中腹に、千メートル近く垂直に聳《そび》え、うねる巨竜の腹のような地層を曝《さら》した大岩壁があり、その直下の一点に小さな湧水があった。

集落から片道半日を要する登りだったが、病人の食事や祝い事の為、月に一度は驢馬を伴ない、水を採りに登った。革袋二個に水を満すのに三時間、帰路は六時間、全神経と体力を足元に集中しての下りだった。

水汲みは、少年シェハーブと祖父の役目だった。

ある日、湧水から程遠くない崖下で、十七、八頭のアーフゥ（羚羊《かもしか》）が、盛んに泥を舐《な》めるのを見た。

全ての生き物に効ある神からの贈り物、測り知れない年月と、途方もない重量の山嶺が浸出させた岩の精分に違いなかった。

その泥の周囲では、草の緑が濃く、一帯では見ない花が咲き、雪の下でも葉を保ち、春の芽生えが早かった。

一族は、下界の誰にもその泥の所在を知られないよう申し合わせたのだった。

ある秋の終わりの一日、祖父とシェハーブは冬籠りに備え、三頭の驢馬を連れ前日の夜半から出掛けた。

全ての革袋に水を満たし、神秘のツァティ・ラハ（舐め土）を小壺に詰めた。

明るいうちに危険な箇所を降りておこう、と二人が崖の近くまで来た時、獣路《けものみち》の脇に純白の驢馬が倒れているのに出会った。その驢馬は身籠っていて、すぐ傍に紫灰色の雄驢馬が佇んでいる。

倒れた驢馬は、長い睫毛の下から、黒い瞳で祖父を凝視めた。

「驢馬の眼に、まだ明るいのに星が映っていた気がする。その水を、好きなだけ飲ませ、ツァティ・ラハを舐めさせなさい。」

それ以上のことは出来なかった。

その二日後、満月が昇った直後、アフイハタン下の緩斜面を霧の魂のような、二つの白い光が降りて来た。集落の外れまで来た後、薄絹を剥ぐように仄かな光が宙へ舞い上り、二頭の驢馬が姿を顕わした。

白い雌驢馬は、白い驢馬を産んだ。

光りに包まれてやって来た二頭は、一族に崖崩れを報せ、雹《あられ》や大雪、雪崩、大雨を予測し、旱魃《かんばつ》の夏をも、春のうちに報せるのだった。

一族が飼っていた驢馬達との間にも白い驢馬が生まれ、やがてその数は、一族の数を上廻るまでになった。

一族の男達は冬の間山を降りて荷役を請負って生きた。下界では山の一族を、デーイハル(驢馬村)の者と呼んだ。

峰から来た二頭の驢馬が十年余の生命を終えた時、一族は小さなズィアラト(聖廟)を建てたのだった。

六十年前の夕暮れ時と同じように、白い光の塊は、集落の小さな家並みの外れまで来た。そ

こから二頭の白い驢馬が現れ出た。ゆっくりと集落の中の道に入ってくる。

ババ・シェハーブは家に入った。

向き合って並ぶ泥屋の間を驢馬が往くのに従い、両脇の家にランプや蠟燭の灯がともっていく。

しばらくすると家々から、身の廻りの物を荷造りした人々が現れ、個々の家の驢馬に積む。移動の準備は、以前から取り決めてあったように、混乱もなく静かに進んでいった。

ババ・シェハーブを先頭に、一族全ての人々と驢馬が揃うと、山から来た二頭の驢馬は先頭に立って再び歩き始めた。

高まる月光の下、一族のキャラヴァンは二頭の驢馬に従い、青黒い山気の中へ消えていった。

下界では争いが続いていた。そこに参加した外国の軍は、山中の小さな集落に、見境いなく爆撃を加えていた。

ババ・シェハーブの一族が六十年間生きた集落も、一族が去った数日後、一発の爆弾で跡形もなく消え去った。椋鳥達の巣も、小さなズィアラトも、全てが消えてしまった。

下界の者達は、自分達の戦いや避難に忙しく、山深い谷に白い驢馬と共に暮す人々がいたことを想い出しもしなかった。

光明の地

アマヌッラー・ハーン王*の治世下で、それまでただ「コイスタン（山国）」「カフィリスタン*（異教徒の地）」と呼ばれていたこの土地に、人々がイスラムに改宗したことから、「ヌリスタン（光明の地）」の名が与えられ、山の人々はヌリスタニ*と呼ばれるようになった。その時代から一世紀足らず、しかしヌリスタニは、貴族的で神秘的な古来の香気を保ち漂わせてきた。ホジャにもその香りは保たれていた。しかし五歳年少の弟からは、既に消えかけている山人の気だった。

ムハムマド・ホジャ・ヌリスタニは十五年ぶりに山を下った。

礫《こいし》だらけの急坂に、何世紀も踏みならされ辛うじて貼りついていた道は戦いで荒れ果てていた。

初夏の雪解けや雨期には、無数の急流が生まれ、斜面を切って流れる。そんな場所の山側には巨石を据え谷側の崩落には礫を積んで、毎夏、補修をくり返しやっと生き永らえてきた山路は、一年放置されただけでも自然に還る。そこに戦いがやって来た。空爆は、谷全体を荒廃させ、人々を離散させた。老いたホジャの肉体はマスタードガスに侵されていた。

その眼は、ゆっくりではあったがこの数年、確実に光を失ないつつあった。

かつて駆けるように三日で下ったカムデシュまでの行程に九日を要した。

左下方に聞く渓流の岩を嚙む音の質や遠近、吹き上げる谷風の音や温度や匂いに、自分の眼では見透せない明暗を明確な風景につくり上げる。山道の左右のへりを身の丈より長い杖で測っては、どのあたりを下っているかを知った。

少年の頃から知りつくした道である、ぼんやりと見える岩やくぼみを、幼な馴染みや永年の友に再会したかのように杖で確かめるのだった。

ホジャは自分の年齢を考えていた。若い妻と三人の子供を天然痘で失ったのが、四十二、三歳だった。カーブルにまだ王がいる頃だった。

輪郭がぼやけてはいても心の中に残る風景と重なる崖下の大きな岩を迂回すると視界が開け、青紫色の稜線が空中にふんわりと浮かんで来た。カムデシュを包む尾根である。

車の運転はもとより、何ひとつ職能を持たず、兵役中目立つ存在でもなかった弟が、下界でひと稼ぎする、と谷を出たのは、ソ連軍が入る前だった。手紙は書けない筈だったし、たとえ代筆で届いてもホジャは字が読めない。谷出身者達が下界で交わし合ってきた緊密な情報の交換や山への連絡も、戦いで絶えていた。

行方不明だった弟のアザムが谷を上ってくると予感したからホジャはここまで身体を運んできた。

ヌリスタンの人々は、イスラム改宗後も精霊と予感を信じてきた。旅や戦いに出た一族の者達全ての運命に予感で対応してきたのである。それは、何千年も昔から山気の中で養われてきた能力だった。

占うのではない。風や雲に天候を予測し、崖や土の表情を読み、野性の鳥獣の動きと表情にも森羅万象を読み、そして家畜に配慮する心の、もっと奥深い部分で予感するのだった。

ホジャは集落へ入っていった。

以前チャイハナのあった場所に立った。

何人かの男達がいる。しかしカムデシュのチャイハナにいつも漂っていた、香草と羊肉を蒸したような匂いはない。それはヌリスタンの人々の肉体の周囲にだけ漂う高貴な香りだった筈である。

集落の下から男達が上がってくる。五、六人の男達が細い道を縦に連らなり、影のように揺らいでいる。

ホジャはその中のひとりがアザムと確信して瞳を凝らした。

ラヒム・ガールの家族

カンダハル西方八十キロのギリシクから、緩やかに傾いた大斜面を北西へ五十キロ上ると、地平線に島かと見紛う巨大な台地が始まる。裾には大小の谷や沢が、無数の襞をつくっている。ハクレイ一族の三十数家族は、そんな谷のひとつの狭い涸沢に何世紀も生きてきた。

一族の頭は、ムッラー・ハクレイ・ババである。

ハクレイ・ババは、自分達が何者かは神のみが知ること、という。ただ、千年近く前、北の山々から多くの人々が降りてきた、その中に、渓谷の岩や沢の壁に、丁度、流れの中の浮き草や動物の屍体が引っ懸かるみたいに残った者達がいて、その者達の一部が先祖かも知れない、とはいった。その昔、北の山々をゴールと呼び、そこにいた人々をゴーリィと称した、ともいった。

大旱魃《かんばつ》や疫病がくり返し谷を襲い、その度に多くの者達が仆《たお》れ、逝った。

ある年の夏、谷に残った数家族の中で唯一独身のハクレイ・ナフスィに、ハクレイ・ババは、近縁の娘ハクレイ・ナスリンを妻《め》あわせた。二人は従兄妹同士だった。子供が生まれた二年後、ハクレイ・ババは、二人の前に古く美しいクラァーンを差し出した。

「これを持って、お前達は谷を出なさい。西へ向うのだ。私はお前達に、クラァーンと読み書き、そして……死なない術《すべ》の全てを教えてきた。生きる道は教えなかった。生きる道はクラァーンに従うのだ。六つの信と五つの柱*を守るのだよ。アッラーを、マライカァ（天使達）を信じなさい。ルスル（使徒）の存在を信じるのだ。その信を確かめるのが、お前達自身で行う五つの柱だ。

お前達は神の導きに従って西へ向いなさい。私は、ここに残る。

神に従うお前達の心も振舞いも、この上なく自由、お前達は自由なんだ……。ホダエ・パウマン、神の恵みを！」

小さな家族は、雌雄の驢馬と山羊、六羽の鶏と二羽の七面鳥、一匹の犬を伴ない旅に出た。ハクレイ・ババは、谷入口の巌上に立ち、夕陽を目指して去る者達を、いつまでも見送っていた。

一家は、日没前の祈りを終えて出発、日の出までを歩いた。

月の夜には荒野に小さな影をつくり、星だけの夜は大地に溶けこみ、ひたすら西へ向った。

ギリシクの西、デララムの手前でナフスィとナスリンは、初めて舗装道路を見た。地平線から他方の地平線へ一直線に伸びる長大な一枚岩か、と驚いた。家族と動物達は、恐る恐る国道を横切り、再び荒野へ入っていった。

ある夕刻、西南方に〝ルスタムの弓〟（虹）が懸かった。すぐ横には、新月が、滅多にない雨雲に見えたり隠れたりする。

ナフスィは、導かれている、と感じた。

家族は、その七彩の弓の一方が地上に接しているあたりを目指した。翌朝それと思《おぼ》しい場所に到ると、そこには直径三十メートル、深さ五メートル程の窪地があった。平地と異なり、まばらな草木が茂っている。東向きの小さな崖に、人の丈程の割れ目が暗い闇を見せていた。斜面の泥に、そこへ降りる階段状の刻みが辛うじて残っている。ナフスィは、その人間の痕跡には少しも頓着せず、その闇こそが、〝ルスタムの弓〟が接した所、と信じた。

デララムからヘルマンド川までの百数十キロ、マルゴ沙漠には、誰一人立ち入らない。その南は、ガルム・セル（熱気）という名の荒野で、そこの空を渡っていく鳥さえいない、と人々はいう。

太陽とアラビア海から北上する熱風の炎熱にさらされる大地にも、北方の山地に発した水は地下に水脈をもつ。それは所によって地下に洞穴をつくり、そこが陥没して地表に窪地をつくったりもする。

デララム南方の荒野にも、そんな窪地や洞穴の入口が、数十キロごとに点在する。しかしナフスィがそれを知る筈もなく、窪地の中の崖の割れ目とその先に緩《なだ》らかに下って続く細い洞穴と、奥に見出した大伽藍のような空間を、導かれて到った地、と確信したのだった。

それは無数の細い洞穴で結ばれた大きな空間のひとつで、未調査の先史遺構が、地下都市のように拡がる中の一部だった。一九六〇年代、アフガニスタン陸軍の警護下に、フランス考古学局が調査を試みた。しかし、西のマザング村の人々に、デララムの者達まで加わり、軍と全面対決寸前の危険な状態に到った。フランス隊は、カンダハル近郊の都市遺構ムンディガクを調査しただけで、南部一帯の地下遺構には手をつけなかった。

地元の人々は、他の地下洞窟も含め、シャイタナガール（悪魔の洞窟）と呼び、近づいたり開いたりすれば、大変な災厄が噴出する、と信じてきたのである。

ナフスィは、細い洞穴の先に拡がっていた空間を、神が導いたラヒム（胎内）と信じ、ラヒム・ガールと名附けたのだった。

ラヒム・ガールには、無数の蝙蝠と様々な蜥蜴《とかげ》、蠍《さそり》、小さな蛇、大小の蟲、それ等を餌とする外からの小動物達がいた。

極限の飢えに見舞われた時に、死なない為の手立てとしてそれ等を家族の食とすることもあったが、普段の食は充分に足りていた。

洞窟やその周辺で拾う青銅の破片や小塑像、不可思議な紋様が刻まれた小さな印章等と、貴石か否かも不確かながらナフスィが美しい、と感じた石等、片道二日を歩いてデラムのバザールへ持っていくと、何がしかの金に換った。

土地の人々は以前から、その類の拾得物を、ボタンや空き瓶等と同じく大地からの小さな恵みと考え、いくらかの小銭に換えてきた。ナフスィがそれ等をバザールにもたらすからといって、誰の気を引くわけでもなかった。

山羊や鶏が、自分達の必要な食を上廻って殖《ふ》えれば、それもバザールで売り、小麦粉、茶、砂糖、マッチ等を求めた。塩は、近くの大地から得た。

衣服の消耗はなかった。子供の為に最小限の古着を求めれば充分だった。

洞窟では、家族全員、全裸で過してきた。

夜、窪地の底で火を焚いては炭をつくった。野性の麦に似た、しかしやや太目の草の茎の芯で灯心をつくった。マッチが切れても、燧石《ひうちいし》はそこら中にあった。

ハクレイ・ババが与えた死なない生き方に従うことで、家族には不必要な警戒も苦労もなく、

日々を自由に嬉しく生きた。ナフスィとナスリンは、気儘《きまま》に、自由に交った。そして、日に何度も礼拝をした。

洞窟には、季節に左右されない空気がある。火を消せば、完全な闇がある。その闇の中では、遙かに高い天井のあちこちが、それが苔のせいか、生き物のせいか、星のように光るのだった。仰向けに寝て、それを凝視め、神を念じるとナフスィはいつも、後頭部が開いて白い霧が拡がっていくように感じた。

蝙蝠達が賑やかに羽音を立て、ナフスィの知らない、いずれかの出口へ向う。夜が始まるのである。そして彼等が戻る。朝である。

木のムフタルと石のマリク

この数年、南へ向う鴨が増えていた。

自然の回転軸が大きくゆっくり中心からずれ始めたことを、山の者達は随分以前から感じてはいた。しかし何を語るわけでもなかった。

「兄貴、モルグ・アウィ（鴨）が、また山を越えている……。」

「アア、昨日も見た……。」

「クナールどんな具合だろう……。」

「ウン、そうだな……あれから随分になる。帰ってみるか。」

兄弟がクナール川上流の一支流を詰め、ムンジャーンの谷からポシャル、パーガルの峠を経てアンジュマンへ、そしてパンシェール上流、シャハールベランドゥ界隈へ、エメラルド砿山での職を求めて出かけたのは、十六年前だった。ソ連軍が侵攻してきて二年目、クナールの谷谷を爆撃して後のことである。

ソ連軍全面撤退後、砿山での四つん這いで掘り続ける危険をくぐり抜けた仕事でたまった金を持って二人は、村へ帰ったことがあった。

兄弟が生れ育った村は、空爆とその後の自然の力で痕跡すらなかった。

山の斜面に貼りついて生きる集落が生活の姿を保つには、蟻の巣造りにも似た、毎日の作業が要る。家々の横を流れる側溝を浚《さら》え、急坂の踏み石を確かめ、人の往来があり、家畜や家禽が踏み、子供達が走り廻る……。天候を読んで危険な石を取り除き、弱った木柱を補強し、床下の石を確かめる……。

そこで人が生まれ、人が死ぬ。

家は人々の生活の容器ではなく、家が生活そのものである。自然に従う生活は、自然の一部としての家を造り保つ。そんな家の集りは、自然の一部としての集落になる。しかし、戦いは、一瞬にして生命ある集落を、元の自然に戻してしまったのだった。

隣人の姉妹とは、親同士が決めた兄弟にとっての幼ない許嫁《いいなずけ》達だったのだが、その一家の消息を知るすべもなかった。

何も残っていない村で兄弟は数夜を過し、再びパンシェール側の出稼ぎ先へ戻ったのだった。

パンシェールでも、いくつかの谷を渡り歩いた。

戦いに追われ生き延びる手だてと場を求める者達が各地から来ていた。誰もが、群から逸《はぐ》れた羚羊《かもしか》のようにさすらっては、時々故郷を見に帰っていった。

ソ連軍との戦いが始ってからも、谷が空爆にさらされるまでは、兄弟は囮《おとり》用の鴨を造っていた。出稼ぎ先の谷でも手掛けた。

弟は、石を積んで野鴨に見せるのが得意だった。ヒンドゥークシ山系の渓流では、逆台形に断った丸太に、首と頭に見たてたふた股の枝をつけ、流れに支柱で固定する木製と、浅瀬の石を重ね、鴨らしく見せようとするのが一般的な囮《デコイ》である。

浮くようにつくった兄の木鴨は、淵に漂う野鴨達に、弟の石鴨は岩陰に睡る鴨に見えるのだった。

クナールの村人達は兄を「チュービィ（木の）ムフタル」、弟を「サンギィ（石の）マリク」と呼んだものだった。しかしパンシェール側では、ヌリスタンから来た器用な兄弟、と見られただけだった。

二度目の帰郷でも兄弟は、以前過したのと同じ道程を、村があった斜面の全てを歩いた。

二人は崖っぷちに腰を下ろし、対岸の上方の峰から現れる月を見た。五、六メートル下の淵に月が映る。

ヒン、ヒン、ヒン、ヒン、ヒン、ヒン、ヒン……

夜気を切る羽音が下ってくる。

二人は身を固くし「岩」になる。眼前数メートルの空中を下流へ向う五羽の野鴨の嘴と眼が光っていた。

「ヒン、ヒン、ヒン、ヒン……。」「グウェー、グウェー、グウェー……。」

弟は、上歯を下唇にあて軽く息を吐き羽音を真似て微笑み、兄は声を真似た。

村がなくなり、人がいなくなった谷で、兄弟に、今後木や石の囮を造る気持はない。

村人の消息を求め再び村を興すのか、どこかの谷へ漂っていくのか、二人は何も考えていなかった。

冬がすぐそこまで来ていた。

クチィの長老

山を下るクチィ（移動民）は、一歩ごとに哀しい。

粗暴で危険な存在、愚かで下品な汚い存在と忌避し嘲る村人達の視線に耐えながら下る屈辱の三ヶ月と下界の三ヶ月、そして山へ還って往く三ヶ月と、山で生きる尊く清い三ヶ月。全てはその山での日々のためである。

動かねば死ぬ。

コー・イ・ババの嶺に雪を見て既に五日を経ていた。

陽が高まっていくのに、族長サッダルは、先祖の墓石が並ぶ峠を凝視めて動かない。

峠の名は、墓標群にちなんで「コータレ・カーブル（墓峠）」と呼ばれているが、クチィ達が用いるわけではない。下界の定住民達のための呼称である。

頑丈な石組みのその墓標群は、下界の何者の墓より堅牢で大きい。最大のものは、丈三メートル程もある。

二百年近く前、アフガニスタン中央山地、バーミヤーン西方からチャクチャランにかけて、数千人のクチィを統率したのが、大族長セフラァ・ババであり、その最大の墓に眠っている。サッダル・ハーン直系の祖先である。

神が導く人物、とされたセフラァ・ババは、一帯に住む蒙古系ハザラとの争いに、常に平和的な解決を見出し、定住のハザラやタジク達からも尊敬された人物だった。

昨年のこの頃、峠にかかる雲の中に神の御顔が顕れ、その口は旅を南へと示された、と狂乱状態に陥った妻が叫び出した。サッダルは、気が触れたとしか思えないその姿と、過去とは逆の方角を口にすることに逆上し、妻が失神するまで殴りつづけた。そして今年、同じことが起った。しかし、三人目の子を死産した直後の妻を今年は黙って眺めた。

今朝、サッダルも墓標群の上を流れる雲の中に高貴な顔を、それも祖父や父の面影を見た。何か告げられた気がした。しかしサッダル・ハーンが何を告げられたかをさだかに読みとり、それに従うか否かの心を決めかねているうち、雲は崩れ去った。

二十年ほど前、族長だった父は、バンディアミール東丘陵のセフラァ・ババの末裔の一族、四十の天幕四百四十名を率いていた。

誰ひとり下界の戦いに加わらなかったにもかかわらず、今ではサッダルが率いる五つの天幕三十八名まで減った。外国軍との戦場と化した下界を抜けて辿りついた東方の低地、冬の居留地に居ついてしまった家族、内乱状態の都市周辺通過の時、戦いの余波で犠牲になった者達、数百年不変だった一族の生活は、消え去る寸前だった。天然痘の大流行でも、こんなことはなかった。

荷を負った駱駝二頭、幼ない者と老人が乗った驢馬二頭、羊と山羊十五頭、犬二匹、鶏六羽、蹲《うずくま》っている妻、そして丘の下では四家族がサッダルの指示を待つ。

下界で何が起きていようと、季節折々の花が咲き、丘を風が渡るように、東のバーミヤーン方向へ下る道程も時期も変えられはしない。

サッダルは、大斜面に点在する、何百年も所を移さず同じ役目を果たしてきた天幕の留め石にしばらく視線をやった。その多くが、戦いが始まって以来用いられることもなく、ただ大地の上に四季を過してきた。しかしサッダルには、どの家族が用いてきた石か明確に判っていた。そこに生活がないまま年を重ねた炉の石は、死んだ石に思えた。次いでゆっくり丘の下へ顔を向けた。

地雷で左足を失った従弟のシャーが、杖を振り、何か叫んでいる。

水運び人足ハキム

シャー・フラジ山の頂が、見る見る赤紫色に染まっていく。

頭上高く背負ったブタァ*（小灌木）の小山を左手で支え、一歩一歩急坂を下りながらハキムは低い声で唄っていた。

「……天国にゃ、苦しみはなく、幸すべてがあり、……とはいうけれど、サンギィ《石だらけ》天国水がない。あら、そこのサカオ《水運び》さん、お願いね……だと！　承知しました天国のカシャンギィ《別嬪》奥さま、地獄の水で良いのなら、……下の地獄にゃ水がある……ではひと担ぎ、アウ・メバラ《水届けます》！」

カーブルにいた頃、ハキム達水運び人足がコーイ・アスマーイ（天へつづく山）の坂道で喘ぎながら口ずさんでいた歌である。

カーブル市街中心の平坦部にある共同水道の蛇口から水が自由に汲める間は、政権に誰がいようと、シアーへの迫害とハザラを眼の仇にした人間狩りが重なった時以外は、五十キロはある皮の水袋を背に、ハキム達は、高処《たかみ》にあるコルテ・サンギィの比較的高収入の人々を顧客としていた。十五年近い人足暮しはハキムを、ずんぐりと首の太い、いかにもサカオという体軀にしていた。

そもそもカーブチ、またはダルバーンと呼ばれ、路傍で荷運びを請負う者達は、つぎはぎだらけの上着に肩当て布と補助ロープを携え、街角に屯《たむ》ろして客を待つ。時には、家具や金物のバザールで、重い買物をする客から声が掛かるのを待って、往き来もする。

大工、料理人、左官、石工、服屋、電気屋など職能・技能を有しながら、店も雇い主もない者達が、盛り場やバザール周辺に集り、それぞれの道具を前にその日一日の雇い主を待ってしゃがむ。しかしその世界に荷運び人足は入れない。体力だけが頼りの仕事と見られ、そして、サカワーン（水運び人足達）は、その世界でも最も下に見られた。

一九二九年、急進的な西欧化をすすめるアマヌッラー・ハーンに抗し、東部パシュトゥン諸部族が騒乱を起した。混乱に乗じ、カーブル北方のタジクが蜂起、王座を手中にする。「バッチェ・サカオ（水運び人足の倅）の乱」と呼ばれ、従弟ダウドによる無血クーデターでイタリアへ追われたザエル・シャーの父、ナーディル・ハーンが九ヶ月後に鎮圧、タジクの盗賊共による出来事、と歴史教科書に記されてきた。しかし、そこには、タジクをリーダーとするハザラ他の北方諸民族に溜り溜った不満を煮詰めたエネルギーの噴出と、「水運び人足」に代表される最下層に生きてきた者達の、行き所を失い開き直った、世直しを掲げた一種捨て身の侠気もあった。

とはいえ、蜂起した人々に共通の理想や大義があったわけではないから、カーブル市内での掠奪と殺戮が横行、盗賊の九ヶ月天下、といわれても仕方ないのだった。

タジクにしてみれば、南のパシュトゥンがくり返しやってきたことじゃないか、との恨みだけを残し、元の生活に戻るしかなかった。

生きているだけでも辛いのに、と登りながら考え続けた。何故こうも苦しい生き方しかないのだろう、と一歩一歩、足を運んだ。手間賃を貰う。カバブ四本の串と一杯の茶にも足りない、と思う。そんな時、あと三回運んで、といわれると再度コーイ・アスマーイを登る辛さより、とり敢えず今夕家族皆の食事は確保出来た、と思うのだった。

五年前、市内でハザラ同士の争いを見た。北方の諸民族が混成でつくった政権に参入を果た

したハザラとそうでないハザラが、未だ手にしてもいない利権を争っての騒乱だった。男達は走りまわりながら殺し合っていた。

ハキムはカーブルを去り、故郷バーミヤーンへ戻った。バーミヤーン盆地の西、フォラディ谷から街道を挟んで北側の丘二つを隔てた窪地の小洞穴に家族五人と生きてきた。かつて僧侶の修行窟だったというよりは、古来、誰かが隠れ住んだのか何かを隠そうとしたのでは、としか思えない洞穴だった。這うように身をこごめて入る目立たない小さな入口と、奥へ進む程広く高い天井は、快適で安心な空間だった。

ムーシュ（野生のモルモット）の小さな影が暗がりに立っている。

「芋も小麦もたくわえた。この冬、ブタァも十分、女房どの、文句はなかろう。」

独言しながらハキムは、ムーシュのように冬籠りしていればやがて春がくる、と考える。下界は、西も東もどこへいっても地獄だが、ブタァの山に隠れて誰の眼にもふれない洞穴で、家族と暖かく安全に生きてゆけるここそ天国、と思うのだった。

ソーサケ・ハマーム

小男で猫背のウズベク、ボスタンは、十年間働き貯めた金の全てを費い、バス、トラックと乗り継ぎ、ペシャワルからカーブルへ向っていた。暑い盛りだった。

荷物は何ひとつない。トルクメンの大男、グザール・マーレシィも一緒である。

二人の表情に帰郷の欣びはなかった。同乗の難民地区育ちの若者たちだけが、不安さえさだかにならず、わけもなく騒ぐ。

「あいつ等、カーブルに戻ってどうするつもりだ? 何もなかろうに。なぁ、ソーサク……。」

「グザール兄貴、あんたと俺だって何もないよ。あんたが戻ろうって言うから……。」

「ハマーム(蒸風呂屋)さえあればな。何とでもなる。あのタリヤク(阿片)屋が、カーブルには昔より立派なハマームがある、……とそう言ったんだから。」

「インシャ・アッラー、神様のお気持次第……十年前も同じ話をしてペシャワルに行ったんだもんな。そして何とかなった。楽しかったよ……。」

兄貴株のグザールに限らず昔から親しい者達はボスタンを、ソーサケ・ジャン、と呼ぶ。正確には、ソーサケ・ハマームである。蒸風呂虫。乾き切った風土で温度と湿度が保たれているハマームを好んで棲む甲虫、ゴキブリを意味する。

ハマームの窯焚きとして、またあらゆる雑用をこまめにこなし、常に額を汗で光らせて駆けまわるボスタンを誰もが愛し、誰となく仇名した。

曽祖父より前の代から、古カーブルともいえるショロ・バザールの片隅に生きてきた一家の出である。一人息子のボスタンは、貧しくはあっても自由に育ち、圧倒的にパシュトゥンの多い中、バザールの少年達にいじめられもせず、むしろ御《ぎょ》し易い走り使いとして重宝がられた。

ボスタンを最も可愛がったのは、パキスタン、スィンド出身のバズィンガル（男性踊り子）だった。昼間は、小さな鏡を散りばめたスィンドの赤いコラァ（帽子）を被り、いつも微笑していた。夜になると女装し、厚化粧をし、祝い事の席に呼ばれていった。

ボスタンは、その男がくれたコラァを今も被っている。

両親は、ソ連軍がカーブルに入っても市中に残っていたが、反政府軍の砲撃が激しくなると、遠縁を頼り北部タシュクルガンへ引き揚げた。しかし、ボスタンはショロ・バザールを離れず、両親と同郷のハマームのオーナー兼窯焚きだった男のもとで暮らすようになった。石炭は勿論、薪の入手も困難になってきた日々、ボスタンが拾い集めて持って行く木片を、オーナーは心から欣び、飴や小遣い銭をくれた。そして、一緒に窯を焚いた。

石が焼け、水をかける。勢いよく昇る蒸気が浴室に満ちて、寒いカーブルに最も暖かい場が生まれる。そんな湯気の中で、ボスタンは、窯焚きになろう、と決めたのだった。

マッサージを受け持っていたのが、オーナーの甥で、大男のグザールである。客の肩を揉み背中をさすり、垢取りもこなした。しかし、多くのトルクメン・マーシュワラ（マッサージ師）と同じで、ひたすら力をこめて客を揉みしだき叩く以外、特別の技術があるわけではなかった。それでもパシュトゥンの地主や北出身の商人、またサナァ（寄席）で司会と歌姫のバックダンサーをつとめる男優達は、グザールのいい客だった。

薪炭が払底した戦時、週一回も窯が焚ければいい方だったが、煙突から昇る煙を合図に客達はやって来た。

滑る足元を少しも危な気なく走り廻るボスタンを、オーナーも客もいつの頃からか、ソーサケ・ハマームと呼ぶようになったのだった。

ボスタンが自負するものがあった。それは、花崗岩の選択と窯の焚き具合だった。熱の伝わり方の良さと保ちの良さ、そして絶対に割れない石、理屈は何ひとつ判らないままボスタンはそれを的確に見分けた。

　腰にタオルを巻いた男達が歩き回り、ドーム状の天井が蒸気でかすむ。新たな蒸気が昇る音、水浴槽ではしゃぐ男達の声と水音、グザールが客の肩を打つ音、そしてそれ等の音を包む湿気とハマーム独特の重たい匂いはボスタンを奮い立たせ、一層、忙しそうに走りまわるのだった。

　ソ連軍が去り、内乱がカーブルに迫った。ある早朝、ロケット弾がハマームとオーナーを直撃、駆けつけたボスタンとグザールは、ただ立ちつくした。その夕刻、グザールはペシャワル行きを提案、ボスタンは、窯焚きの仕事があるなら、と同意したのだった。

　ペシャワルでもハマームのオーナーは、アフガン・トルキスタン出身のトルクメンであり、二人を雇ってくれた。ただし、やっと生きていけるだけの給金と、ハマームの片隅での寝起き、つまり、朝から晩まで働き詰め、ということである。ハイバル・バザール裏、人々がシネマ・ロードとかカーブリ・バザールと呼んだ一角だった。

　夜毎広場では、各派のムジャヒディン（イスラム聖戦士）たちが生還と再会を欣び合う姿が見られ、その中のリーダー格の者たちは、ハマームで汗を流した。

　街全体がハマームと同じに蒸し暑いペシャワルでの仕事は辛いものだったが、ボスタンは塩を嘗《な》めながら良く働いた。しかし、ソーサケ・ハマーム、と呼ぶ者はいなかった。

　アフガン・ムジャヒディンの派閥抗争に部族間の利害も絡み、シネマ・ストリートの映画館爆破や暗殺事件が続き、ハマームを含む一帯が閉鎖された。

ボスタンとグザールは、一夜で屋根と寝床と職を失った。難民資格さえなかった。

カーブルにたどり着いた二人の前には、バルフの都城趾か滅びたキャラヴァン・サライにしか見えないカーブルが拡がっていた。

烏と雀は、そこら中にいる。

「俺たちを知ってるのは、烏くらいしかいないな……。」

「爺さまのダンダン*（歯）だよ、カーブルは……。」

他所者が増えたからではなかった。カーブルの通りを、誰もが意志をもたない幽鬼のようにさすらう。力なく緩慢になった人々の往来が二人には哀しかった。

ブルドーザーが押し上げたらしい瓦礫の山の一部に、崩れ落ちたドーム天井の残骸と壁の一部が見え、十年の歳月を越えてハマームのあった場所を示してくれた。そこは脱糞の場と化していた。そんな汚物をかまわずボスタンは、ある一点の瓦礫を取り除き始めた。すべてを察したグザールも手伝い始めた。

土埃と乾いた臭気が漂う。

ボスタンは、狂ったように素手で煉瓦を抛り出し、壁土を掘る。

2003.4

「チャルパーサ（蜥蜴《とかげ》）やマラフ（バッタ）は、元気なもんだなァ。」

翔び去るバッタの羽音が土埃の中に消え、グザールはひと息ついた。

煉瓦を踏む乾いた音がして、笑みを含んだ声がきこえた。

「ソーサケ・ジャンじゃないか、私だ。私だよ、マクスードだ。焼き石探しかね。……私の家は大丈夫だった。後で寄るといい。いやァ、戻って良かった。神様の御蔭だ。ソーサク、……か。ガジュドム（蝎《さそり》）に気をつけるんだよ……。良かった良かった……。」

界隈に貸家をいくつも持ち、ハマームの上客だったマクスードは、独り言めいて何やら納得しながら、肥った身体をやや傾けて去った。杖をついている。

「あのタリヤク(阿片)屋は嘘をついたが、戻ってみて良かったじゃないか、なァ、ソーサク……。」

「インシャ・アッラー。とに角、石だ。石を見つけ、窯を造り、ビニールでも何でもいい屋根つくって……。」

のっそりと立つグザールを見上げるボスタンの眼は光っていた。

鳩寄せ

「コーイ《山》・アルグのシャーザーダ《お姫》・ハーノメ《様》、雪の肌、白い光のサァーキィ《妖精》*、スルマで際立つヤクート《紅玉》瞳、……ビビ・コーイ・シャーザーダ・ハーノメ、コーイ・コー……。鼓翼《はばた》く風は、ザマルゥド《碧玉》・パンシェーリィ、羽の下から碧の光、ビビ・コーイ・コー・シャーザーダ・ハーノメ、コーイ・コー、……癒しておくれ瞳の病い、心の病い……ビビ・コーイ・コー・シャーザーダ・ハーノメ、コーイ・コー……。この貧しいカウトゥラァ・バーズィ・ジャン、捧げるものは心だけ、心だけ、全部上げようこの心……ビビ・コーイ・シャーザーダ・ハーノメ……」

コムリ・ジャンはこの朝も屋根に上り、身の丈より長いポプラの枝先に結んだ襤褸《ぼろ》布を頭上高くかかげ、大きく輪を描いてゆっくり振り回しながら、「山のお山のお姫様」を口ずさむ。

廃墟となったカーブルの街はまだ朝靄の下である。

何千羽もの鳥が空を埋め東北方へ向う下、三十羽程の鳩の群れが、コムリ・ジャンのいるコーイ・アスマーイ（天へつづく山）の岡へ向って翔んで来る。靄の上で黒点に見える鳩達が、高く低く旋回を繰り返す中、プリ・ヘシュティ（煉瓦橋）を背景にした時だけ、黒や茶や灰色に識別出来る。その中にいる白い鳩はとりわけはっきりと見えた。

そして群は、真直ぐコムリ・ジャンの方へ翔んできた。


露店の裁縫屋の伜コムリ・ジャンは、近隣の誰もがそうだったが、学校には行けず幼ない頃から働いた。

その頃から、空に群れて翔ぶ鳩が好きだった。

十歳の頃、比較的体格のいいコムリ・ジャンは、家に近い小さなチャイハナ（茶館）から水運びを頼まれるようになった。

アスマーイ通りに設置された公共水道から、ブリキ缶二つの水を天秤で丘の中腹まで運ぶ、四十分の往復を一日、四、五回、それで得る労賃と客が多かった日に貰うバクシーシ（喜捨、チップ）は、幼い妹や祖父母、両親と自分、一家六人の夕食をまかなうだけの額になるのだった。

دیوانه نامه

平和だった先王在位中の冬、二月初めのある日、コムリ・ジャンの一生を決める出来ごとが起った。コムリ・ジャンは十二、三歳だった。*

アスマーイ通りを離れると直ぐ急坂にかかり、とりわけ厳寒期には、道に水がこぼれないよう気を配る。

「コムリ・ジャン、気をつけるんだよ……。」

小間物屋のババが声をかける。

「ああ、ありがとう、ババ。」

「じゃあな、ゆっくりゆっくりな……。」

毎朝くり返す挨拶だった。ただこの日、ババは、店の脇の桑の木の下を見るよう顎をしゃくった。

「白い鳩は、神に近づく道を示している。助けてやってくれないか。」

一羽の白い鳩が片方の羽を地面に伏せ、全身を平たく蹲《うずくま》っている。

ババは、商品の台の横にある水甕と、陽除けの布から伸びた紐を地面に押さえている石を指し、小麦粉用の綿布の袋を抛って寄越した。コムリ・ジャンは、ババが意味していることを直ぐに理解した。

コムリ・ジャンは、まず鳩を入れた袋の口を紐で縛った。次いで一方のブリキ缶の水をババの甕に移して空にし、そこに石を入れて天秤棒左右の重さを揃えた。石の上に、鳩の入った袋をそっと置いた。

一方の缶には水、一方には石と鳩、慎重に左右の均衡をとりながら坂を登っていった。

翌朝コムリ・ジャンはババの店に寄り、木綿袋と石を返す。

「ババ、ありがとう。鳩は、小屋を造ってやったから猫も鳥も大丈夫。よく食べるし、元気になりました。」

「羽が癒えたら放してやるんだぞ……。」

「そうします……。」

昔からカーブルのあちこち、特に貧しい人々の生きる地区の高みや家の屋根に、カウタル・バーズィ（鳩遊び人《びと》）、カウトゥラァ・マランディ*（鳩バカ）などと呼ばれる人々がいて、終日《ひねもす》、棒の先に結んだ布を振り、鳩の群を集めようと努める。食用の為でも愛玩しようとするのでもなく、鳩小屋を造りはしても絶対に閉じこめようとはしない。

街の人々は彼等を、一日中鳩の群に向って棒と布を振っている、愚かで暇で幸福な奴と眺める。そして、微笑と共に「ディワナ*」と呟く。

それは、清く愚かな、純粋で無慾な魂に対し、厳しい生活の現実からは軽蔑を、心の奥では愛情をこめて吐き出す言葉である。

コムリ・ジャンが連れ帰った鳩は間もなく、群れに戻った。それだけでなく、二十羽程の仲間と共に、日に一度は家にやって来た。

白い鳩を混じえた群が、膨んだりまとまったりしながら天空をめぐり、ヒンドゥークシの雪嶺とベイージュ色の大地、白煙のように立ち並ぶ葉を落としたポプラ林と郊外の村、そしてカーブルの街を斜めに横切り、最後は一直線に自分へ向って翔んで来る、そんな時コムリ・ジャンは、襤褸布をつけた棒を力の限り振るのだった。

十代も終り近く、コムリ・ジャンは、父の裁縫を見習い、自分のミシンも持ち、そして毎日、欠かさず朝と夕刻には鳩を寄せた。

小間物屋のババから「ビビ・コーイ・シャーザーダ・ハーノメ、コーイ・コー（山のお山のお姫様）」を習ったのはこの頃である。

プリヘシュティ・モスクの方角から群が来る時には、真実、神に近づけるのかも知れない、と震えるような気持で棒を振った。

しかし、鳩達がコムリ・ジャンに明るい欣びばかりもたらしていたわけではなかった。

拾い集めた材木で屋根一杯に拡充していった止まり木や餌場に、鳩達は自由に出入り出来る。そこへ新参の鳩がまぎれこんだ時、二十羽以上の鳩たちは、その鳩を嘴で突つき啄《ついば》み、羽根を引きちぎり、肉を裂き、一面に散らばる血だらけの羽と肉塊に変えてしまった。哀れな新参鳩の、やっと形をとどめている嘴や丸まった紫色の細い脚を拾い集めながら、コムリ・ジャンは泣いた。

その頃、共和制を領《し》いていた先王の従兄ダウドとその一族全員を殺戮した流血のクーデターで、カーブル中央、旧王宮や王宮広場もまた血に染まっていた。

やがてソ連軍がカーブルに入り、市内には束の間の平和が生れた。

鳩達は毎日、コムリ・ジャンの家の屋根とモスクの間を往復し、数も増えていった。

政府軍やソ連軍兵士や将校の肩章やエンブレムの仕事が増え、コムリ・ジャンの日々は少しづつ豊かになり、嫁を貰い子供も出来た。二十数歳の若い父だった。

十年足らずでソ連軍は去り、カーブルの主は眼まぐるしく変った。

ロケット砲の着弾の度に怯えて翔び立ち、暫くは戻って来ない鳩達に胸を痛めた。

北のマザーリ・シャリフのマスジッド（廟）には白い鳩だけが集められ大切にされているという。そこにせめて白い鳩だけでも、と思っては、他所者、新参者に酷《むご》い鳩達のことを想い出した。

タリバンがやって来た。カーブルの表面は再び平穏になった。

鳩寄せは禁止され、コムリ・ジャンは家の前の坂道で鞭打たれた。その間、コムリ・ジャンは背中の痛みに涙を流しながら「山のお山のお姫様」を口中で呟いていたが、タリバンの宗教

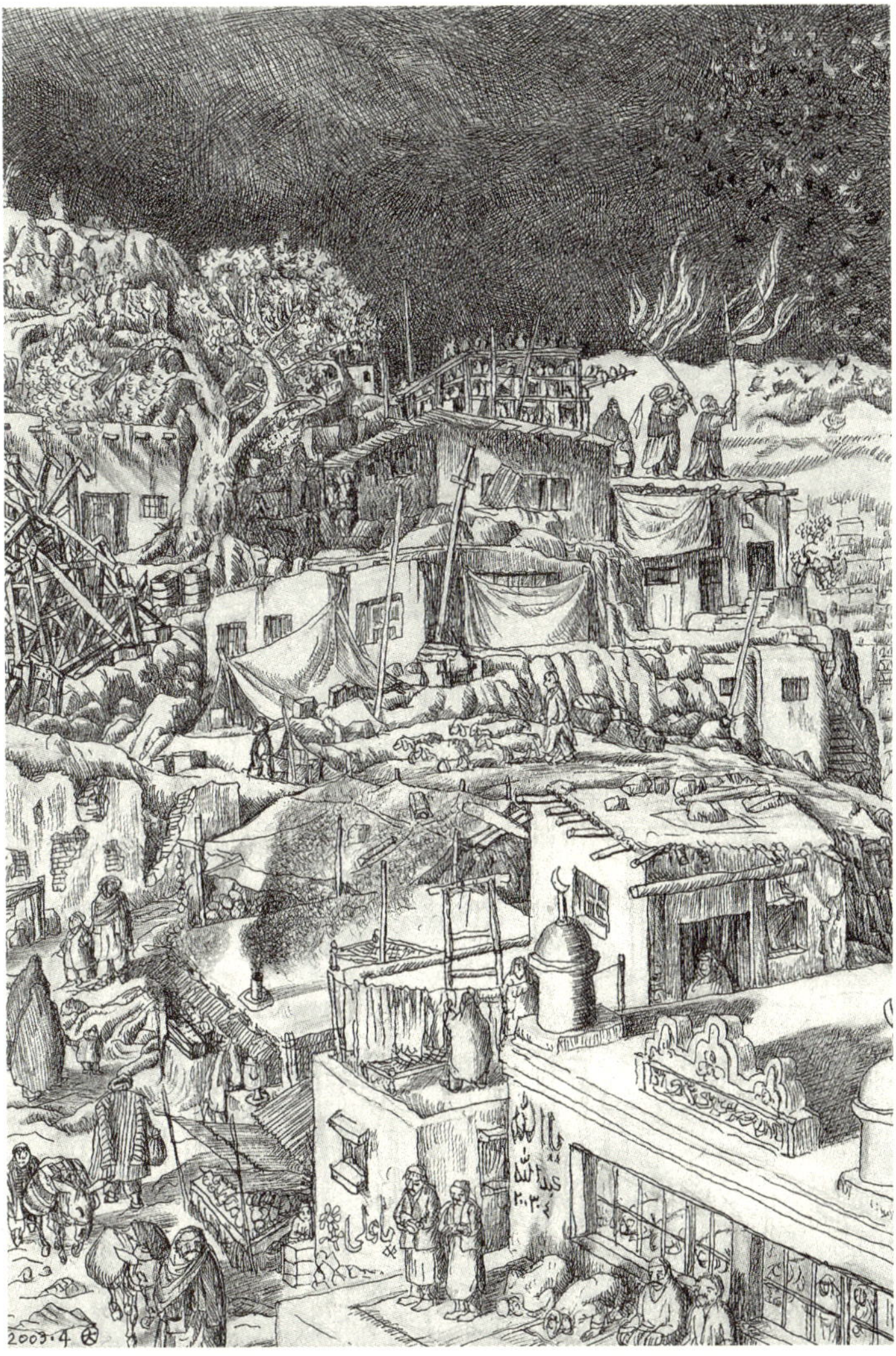
2003.4

監督官はクラァーンと勘違いし、放免してくれた。

小間物屋のババは九十歳を越えてまだ元気だった。

「四十年以上も鳩寄せて欣んでるお前さんは阿呆だ、ディワナだよ。しかし、タリバンよりは何ぼか上等だ。」

タリバンのカーブル支配は束の間だった。

内戦のロケット砲も外国軍の爆撃も、落ちてくる弾は同じ仕事をする。コムリ・ジャンの家も近所の家も、どこから来たのか、誰の、何の為か判らない弾で破壊された。しかし一家は、祖父母、両親含め、全員無事にカーブルを離れず生き延びた。

布張りの天井ながら生れ育った場所に寝起きし、コムリ・ジャンは、鳩小屋を作り、止まり木も用意し、朝な夕な、今も鳩を寄せる。

振り回すポプラ材の棒は五十年近く変らない。

最近歩き始めた孫まで、棒の先に小さな布を結んで貰い、祖父コムリ・ジャンやその長男パリディ・ジャンの真似をする。三代の鳩寄せである。

バビリィの塔

「待っていた、もう私の家の子だ。」

両手を大きく拡げ、眼に涙を浮かべた伯父に、ウルグの心は安らいだ。傍らで頭を垂れている二頭のロバの直立しているタテガミを伯父は優しく撫でた。

「お前達が、アビとテラィか、時々私を果樹園まで運んでおくれ。」

九月初め、ギルギット川沿いの道には既に、冷たい風が吹いていた。

ウルグがバダフシャンの村を離れたのは春の終り、土手の下を柳の棉が翔んでいた。

三歳の頃母を失ない、十四歳の時、宝石の原石や貴石類を届けにいったマザーリ・シャリフで父が消えた。

ウルグは村の者に従い、ヒンドゥークシの南から北上してきた、パシュトゥン主力のタリバンとの戦いに参加した。しかし戦うためではなかった。北の旧ソ連領、タジク共和国からの荷を南方に展開している北方民族連合の戦士団へ運ぶ仕事をする傍ら一年間、父を探し求めた。しかし、手がかりはなかった。また、わずかでも収入が必要だった。

冬の間、アフガニスタン最北部バダフシャンで生活している遠縁のカムチ・ジャンが、アムゥ・ダリヤ*の濁りが増し、春の兆しが見え始めた頃、ウルグに新しい生活をもたらしたのだった。

カムチ・ジャンは、ワヒィである。ワヒィと呼ばれる人々のルーツもまた、パシュトゥン等と同じく、さだかではない。容貌やワヒィ語は、タジクに近い。古タジク人の血をひく人々、という学者もいる。ルーツはとも角、今日、ワヒィは、その名に由来するワハン回廊を中心に、アフガニスタン・バダフシャン州、タジク共和国、中国・新疆省タジク自治区、そしてパキスタン最北部上フンザからその西方にかけて生きる。

ワヒィは、多くのタジクと同じくイスラム・シアーに属してはいるが、そのさらに少数派の、宗主アガ・ハーンに従うイスマイル派*である。

カムチ・ジャンは毎夏、五頭の愛馬を伴ない、パキスタン側カラコラムの氷河地帯へ旅をする。カラコラムに数ある氷河中の、イシュカク氷河からの水で育つチプルサン谷の夏草を、馬達に充分に与えるためである。

カムチ・ジャンに限らずワヒィの人々の多くが、下界の紛争に無関心である。そもそもワヒィの分布が、多くの国境に股がり、そして、国境の彼我の有り様を自分達の利益に用いることは一切ない。カムチ・ジャンにとって国家・国境は無に等しい。自分と家族と馬達のために氷河が不可欠なのであり、それは多くのワヒィにも言える。

ワヒィは、氷河の民なのである。

「ギルギットの伯父貴がお前を養子に、といってる。あの人、俺達ワヒィの誇りだ、神を血と肉で感じるんだ。あの家へ行く、いい話だよ。」

カムチ・ジャンは、アフガニスタン側にいる間は、バダフシャン一のブズカシ（騎馬戦）の騎士として知られ、パキスタン側に入れば上フンザ、下フンザ一帯で、ポロの名手として名高い。

常に微笑を絶やさず、鳶色の瞳がきらめき亜麻色の長髪を風になびかせ、静かである。しかし一たび馬上の騎士となると、その猛々しさに人々は沈黙し、やがて歓声を上げる。

二人は五頭の馬と二頭のロバを伴い、ワハンを東へ上り、十日後、エルシャド・ウィンの峠でアフガニスタンと別れた。二人はチプルサンの谷に降り、イシュカクに入り、夏の間カム

チ・ジャンが美しい妻と共に過す家で、疲れをいやした。

ワハンからチプルサンの谷の草花の香りに満ちた風と清らかな水は、下界の人間達の醜い争いと、それがもたらした心の痛みをウルグから徐々に消し去っていった。ワヒィに流れる、自然の一部として生きる者達の血をウルグは取り戻しつつあった。

バトゥーラ氷河上の夏村で、大きな羚羊《かもしか》の群が尾根を行くのを見た。

パスゥー村の守護山トポプダンの尖峰群に夕暮れ時の雲がまとわりつくのを眺めながらウルグは、原毛を絡めた父の指を想い出したものだった。

カムチ・ジャンは馬をイシュカクに残し、ウルグをギルギットまで送ってくれた。

九月十一日夕刻、ギルギット旧市街のモスクに近い商店の屋根にウルグは、父の顔を見た気がして立ちすくんだ。

漆喰に塗り込めた羚羊の頭蓋骨が夕陽を受けていたのだった。

その翌朝、伯父が暗いうちから起き出すのは、モスクへ出掛ける習慣からも特別のことではなかったが、この日は家の誰もが深夜から起きていたらしく、全員がテレビを凝視していた。

伯父は、両掌を天に向け、その手で顔を覆い、呟いていた。

「バビリィ（バビロン）*の塔だ。」

ブラウン管の中で、二つの巨塔が燃え、やがて崩れ去った。

ウルグの知らない旗が何度も見えた。

伯父は同じことばをくり返す。

「バビリィの塔だ。信をもたぬ者達の塔だ。いいかい、ウルグ、ただ、ただ、アッラーを信じ讃えればいい。」

ウルグは、伯父のことばも上の空で、テレビに釘づけになっていた。

崩れ落ちる二つの巨塔と土煙、そして顔を覆い何ごとか叫びながら走りまわる人々を、ブラウン管はいつまでも映し出していた。

註

I

新聞売りイサァ

＊イサァ（15頁）……クラァーン（コーラン）中では、イエスを、マルヤム（マリア）の子イサァと記す。パシュトゥン部族名や個人名にも用いる。

＊ムッラー（15頁）……「主人」を指すアラビア語モウラァのペルシャ語化。イスラムの教義に通じる人々への尊称。地域社会や部族内で、宗教行事を仕切る人物や、さまよいながら神の名を誦える修行者をも指す。

＊ナマァズ（17頁）……礼拝を意味するペルシャ語。

小さな旅

＊難民居住区（18頁）……大半のアフガン難民は、泥から家を興し、それを連らねてそれぞれの地区に生活区を造り上げていく。少なくとも、キャンプの語から連想する仮の住まいとは、大きくかけ離れた生活圏をなす。

＊グランド・トランク・ロード（18頁）……略称「GTR」。パキスタン北部を東西に横切る幹線国道。基礎は、ムガール朝初期より、印度亜大陸を横断する道路として計画され、建設もすすめられた。

＊パクティア（19頁）……アフガニスタン東部、スレイマン山脈中の州名（地図参照）。また、州内に住む諸部族の総称としても用いる。

＊カーブル（20頁）……首都カーブルはKを頭に綴るが、Qで始まると同音ながら「墓」を意味する。

＊チャール・パイ（20頁）……287頁に図解

＊ババ（22頁）……一家の長。多くの場合、祖父・長老。アラビアン・ナイトのハジ・ババなどに同じ。

＊コラァ（22頁）……礼拝用から頭衣（ルンギィ）の下に被るもの、またチトラル・ハットとして知られる毛織りのもの、幼羊の毛皮アストラカン（カラクル）のものも含め、帽子の総称（287頁の図参照）。

＊サラーム（22頁）……イスラム教徒の挨拶。神のもたらす平和を意味し、「今日は」その他別れに際しても用いる。ヘブライ語（イスラエル）のシャーロムと同じ。

＊アザーン（22頁）……礼拝の時を報せると共に、他のクラァーンの主章句と同じく、神をたたえた後、いざ来たれ、と人々を祈りへ誘う章句を朗詠する。とりわけ、夜明け前や日没時のそれは、ムスリム（イスラム教徒）ではない旅人の心をもひきつけ、しばし現世を忘れさせる響きをもつ。

ハキムの買物

＊ヘンナ（24頁）……千屈菜《みぞはぎ》（Lythrum anceps）科の植物の葉から作る茶色の染料。髪・髭や手先・掌などを染める。香りと共に、魔除けの意味もある。エジプトから印度を含む旧世界全域で、紀元前から用いられてきた。

トラック・サライ

＊トラック・サライ（27頁）……かつては英領印度の名残りで、ローリィ・サライと称した。トラック関連の建造・解体から改造・修理・装飾まで、全ての工程をこなす各種工房が集中している。中央広場を囲んで方形に部屋を連らねた構造をサライと呼ぶ。漢字の「廓」。キャラヴァン・サライなど。

＊パシュトゥン（28頁）……アフガニスタン人口の約半数を占める、南部を故地とする民族。同時に、スレイマン山脈東側、パキスタンにも同名の民族。世界最大の部族社会を形成、パシュトゥンワレイ（パシュトゥンの律）を守り、ジルガァ（長老会議）を、最高決定機関として、部族世界のみならず、憲法にも優先させる。とはいえ、現代の政治情勢と他民族との兼ね合いから、ジルガァが絶対的な存在ではなくなりつつある。また、パシュトゥン内部の各大部族は、異なる出自と民族的特徴を持ち、未知の歴史の彼方から育った多根の人々、といわざるを得ない。武勇を誇り、強い信仰心に生きる。本来アフガンとは、カンダハルを中心とした南部パシュトゥンの大部族が自称した名で、イスラエル、ソロモン王の親衛隊長であり、聖アークを護った人物アフガナに依る、との伝承もある。

＊イスラム・シアー（28頁）……七世紀中頃のアラビア、預言者ムハムマドを継いでイスラムを率いるカリフの座をめぐる政争は激しく、四代目カリフ、ムハムマドの従弟アリーが暗殺され、その子フセインと一族の者全ては、今日のイラク、カルバラで壮絶な最期をとげた。ムハムマドの血統を重んじてアリーを支持していた人々はシアー・アリー（アリー派）とよばれ、後にただシアーとよばれるようになる。以後、主流のスンナ（慣行を意味し、スンニーとして知られる）とシアーにイスラムは分裂、今日、シアーはイランを中心として多くの分派をもつ。アリー一族の歴史が、この一派に悲劇性と被害者意識と現世的傾向の強い政治権力への攻撃性や、神秘主義へ移行しやすい姿勢を育てる。

＊ハザラ（28頁）……ペルシャ語の「千＝ハザール」に由来する。モンゴル系。ジンギス汗西征の折、占領地に残した「千人隊」の子孫というが確証はない。シアー派のムスリム。アフガニスタン中部山岳地帯、またパキスタン北部にも住む。

＊タジク（28頁）……ペルシャ系の東部民族。旧ソ連圏タジキスタンを構成したタジク人はスンニーながら、アフガニスタン内や中国では他民族との混交も多く、シアー派も珍しくない。古来、中央アジア圏との商業活動は活発で、今日も、商民の性格と才能が目立つ。

＊ルパイヤート（30頁）……ペルシャ語五行詩。中世ペルシャのオマル・ハイヤム作が余りに有名なことから、ただ「ルパイヤート」といえばハイヤムのそれを指す

ことが多い。フィッツジェラルドによる英訳は、英訳からの仏訳を手がけていたボードレールに「悪の華」のきっかけを与えるなど、近世ヨーロッパの多くの文芸に影響を与えた。

＊ミナカリ、ミニアチュール（30頁）……ペルシャ系細密画を指す。ミニアチュールは仏語。

＊インシャ・アッラー（30頁）……「神の御意志次第……」の意。不確定な未来について、自分だけで決め得るものではない、「神が望まれるならば」との意で用いる。エスケイピズム（逃避）と捉える向きもあるが、やるだけやってその後は神にゆだねよう、との明るく軽快、かつ真剣な姿勢は、決して悪いものではない。

ロバ車の兄弟

＊アーシュラー（31頁）……スンニー派では、太陰暦第一月（ムハッラム月）の十日目。断食の日と定めている。シアー派では、この日がフセインがカルバラで、ウマイヤ朝に全滅させられた日であることを悼み、その殉教を追体験すべく、悲しみに満ちた祭や演劇、詩の朗読等を行う。

＊レーマン・ババ（31頁）……アブダル・ラフマン。十七世紀ペシャワルに生きた、モーマンド族出身のアフガン（民族）詩人。同時代、「民族の誇りと武勇」を謳い、部族の族長でもあったクシュハル・ハーン・ハタックに対し、ババは「愛と神の詩人、ペシャワルの夜鳴鶯《ボルボル》」と称され、今日も人々に愛される。レーマンは通称。ペシャワル市郊外に美しい墓廟がある。

＊シャルワル・カミース（31頁）……ウルドゥー語パシュトゥ語共通の、ゆったりとした上下服。シャルワルは、ウルドゥー語、パシュトゥ語に共通の下ばき。ダリィ語のタンバンに当る。カミースは同じく、その上着。ダリィ語のペラハンに同じ〈287頁の図参照〉。

＊バクシーシ（31頁）……喜捨。現実には、ティップ（チップ）、または、提供された物や行為への感謝の表現としての金銭。かつてのアフガニスタンでは、街頭での物乞いは勿論、貧しい露天商でさえ、バクシーシを自分の側から求めることは絶対になかった。

＊ヌリスタン（32頁）……アフガニスタン東北部、ヒンドゥークシ山中クナール渓谷の谷々一帯の地域を指す。百余年前、時のアフガニスタン王との戦いに敗れてイスラム化。その折、一帯が「ヌリスタン＝光明の地」と名づけられ、以来、人々はヌリスタニ、と呼ばれる。古代ギリシャ人との近縁を説く学者もいる。

＊スーフィズム（33頁）……スーフィーの語源はアラビア語で、「羊毛の粗布を着る者」を意味する。スンニー派が、表面的、形式的に流れることに反発する人々は、より思惟的、禁欲的な修行の中で、宗教的に敬虔な生活をつづけ、神を体感しようと努める。それら神秘家をさすスーフィーに、西欧で主義・思想をさ

す接尾語イズムをつけ、イスラム神秘主義を意味する語とした。

＊詩（33頁）……人間の知が、言葉として高まり極まった姿を詩と人々は考える。クラァーンそのものがひとつの詩であり、それを讃えるのも詩である。ムスリム（イスラム教徒）に限らず、旧世界全域、また中央アジアからロシア世界の人々も、詩を深く愛し、詩人を尊敬する。アフガニスタンの少年や少女は、字の読み書きがかなわなくとも、詩の数行は暗記していて当然、という場面に何度も出会った。また、ムジャヒディン（戦士）が、詩を代筆して貰って家族に残し、戦地へおもむくのを見たこともある。人々にとって、詩は生命の糧なのである。

＊サムサ（33頁）……サモサ、とも。印度系の食。掌サイズ方形の小麦粉の皮に、固めのジャガ芋、玉葱、少量の肉等の煮こみ（一種のカレー）を皮の対角線で閉じこみ、三角形にして油で揚げる。印度亜大陸全域、最もポピュラーな街頭の食のひとつ。

棉打ちの娘

＊ヤスミン（36頁）……ジャスミンのペルシャ音。

＊棉打ち弓（36頁）……棉花から糸へつむぐ前の原棉に、また使い古した棉に弾力を復活させるべく、弓状に張った弦ではじく作業が棉打ちであり、その弓をさす。〈37頁の挿画参照〉

＊トルクメン（38頁）……アフガニスタン北方、旧ソ連領トルクメニスタンの人々、を狭義とし、一般にはトルコ系の総称として用いる。トルコ共和国のトルコマンとは区別しているようである。

聖落書き

＊スピンゲル（40頁）……ペルシャ語でサフィド・コーとも呼ばれ、いずれも白い山塊の意。ハイバル峠の南西方から、ジャラーラーバード南方に横たわる大山塊。最高峰は、ジャージィ・アリ・ヘルの北、スィカラム（四七七五m）。

＊ムハムマド（41頁）……預言者ムハムマド。

＊アリー（41頁）……ムハムマドの従弟で、娘ファティマの婿でもあったアリーは、イスラム第四代のカリフ（指導者）だったが、その理想の高さから現実の政争に敗れ、後にその子供フセインとその一族もカルバラの野で悲劇的な最期に至る。シアー派は、アリーをその初代と考える。

警視ホシジャ

＊ハイバル（48頁）……英字でKHYBERとつづるので、カイバルともカイバーとも。古来、印度亜大陸と西南アジア、中央アジアを結ぶルートも、スレイマン山脈中のこの峠が、ことに有名。しかし実際には、英領印度時代の英国による西方進出史や、後のハリウッド映画等による物語で現代人が峠の存在を誇大に印象づけ

られた面もある。アレクサンドロスも玄奘三蔵も、この峠を通ってはいない。

＊アフリディ（48頁）……ペシャワル周辺から南方、ハイバル峠にかけてのパシュトゥンの大部族。

＊ユスフザイ（48頁）……スレイマン山脈東北部を故地とするパシュトゥンの一大部族。イスラエル出自の伝承をもつが、学術的にはトルコ系の血が濃いと考えられている。ヨセフの一族、の意。

＊ハタック（48頁）……ペシャワル東北方のパシュトゥンの大部族。

＊セラジット（49頁）……カラコラム山系で産するミネラル分の強い薬石。

＊スルマ（49頁）……砿物質の粉末眼薬。同時に眼のメイクアップにも役立ち、魔除けの意味もある。慣れないと、いつも眼にゴミが入ったようで痛く、また非衛生的であることは否定できない。インドから旧世界全域。

＊ナスワル（49頁）……石灰粉と混ぜたタバコの葉の粉末を、下唇と下歯の間に挟み、唾液を吐きすてながら、微量に唾液腺に入る液で軽い覚醒感を楽しむ。苦く、刺激性の強い含み莨。口腔の癌を誘う、と考えられている。その色から、焦げ茶色を意味する場合もある。

＊北西辺境州（49頁）……N・W・F・P（North-West-Fronteer Province）と略し、パシュトゥン部族自治区を含む、アフガニスタンと国境を接する州ゆえの特殊な行政を求められる州。英領時代からパキスタン政府が引き継いだ。この州名は、全印度を植民地化した英国にとっての「辺境」だったことによる。

＊ケッカル（50頁）……アカシヤ属の樹。ミモザに似ている。その小枝のササラ状につぶした先端で歯をみがくブラシとする。薬効も認められている。

行 水

＊ワヒィ（54頁）……アフガニスタン北部、タジク共和国、中国新疆省、パキスタン最北部に住む、タジク系を祖とすると考えられる少数民族。その故地をワハンとする伝承のため、この名がある。大半が、イスマイル派のムスリム。居住地は山岳部ながら、宗主アガ・ハーンに率いられて、教育と経済活動に熱心であり、経済界に多くの優れた人材を送っている。

＊カラコラム・ハイウェイ（54頁）……K・K・Hと略称。一九六五年、パキスタンと中国の間で立案され、六六年調印、六七年工事開始、ラワルピンディ西郊より北上、インダス川沿いに、そしてギルギット川からフンザへ、そして、中パ国境のフンジュラブ峠（五五五〇m）まで約五〇〇マイル（八〇〇km）を、時に古道をなぞり、多くは新しく開いて、七八年の部分開通から年々整備、今日に到る。いかに難工事であったかは、一マイルに一人、と称された約五百人に上る犠牲者からも容易に想像出来る。それは大半が中国人であ

るが、パキスタンではシャヒダン（殉教者達）と考え、今日も深く尊敬と感謝の念をもっている。今日、夏季のみ、イスラマバード・カシュガル間の国際バスが、世界の若者達を南北に運ぶ。二十世紀最大の土木工事と称され、実際に走行してみると、奇蹟といわれることが納得出来る。

＊カラ（56頁）……「砦」の意。高い防御壁を構えた、一族全てが同居する住居廓も指す〈105頁の挿画参照〉。

＊ペラハン（56頁）……ダリィ語で、シャツに相当する上着。パシュトゥ、ウルドゥーのカミースに同じ〈287頁の図参照〉。

ツァプリ・カバブ

＊ドーディ（57頁）……いわゆるナン（パン）。パシュトゥンのドーディにも各種あるが、パクティアのそれは、最もぶ厚く大きく重い。一枚を五、六人の人間が破って食する。ペルシャ語のナンと同じく、「食事」をも意味する。

＊ムジャヒディン（60頁）……279頁「ジハッド」の註参照。

＊ツァプリ・カバブ（60頁）……ツァプリ（＝パシュトゥンの伝統的なサンダル）に似ていることからこの名がある。荒挽きの羊肉とスパイスを、ハンバーグ・ステーキ状にととのえ、大量の油で焼く。ペシャワルを中心とした諸パシュトゥン部族が愛食。ちなみに、「カバブ（ケバブ）」は、直火で焼く肉の総称。無数の種類がある。

サライの絵師

＊ライラ（67頁）……アラビアの伝承悲恋詩「ライラとマジュヌン」の美女。ライラへの愛に滅びていくカイスの狂気（マジュヌン）を謳う。ペルシャ十二世紀、ニザーミーによる詩篇でも有名。ライラはアラビア語で、抽象的かつ深遠な、神秘の「夜」を意味する。

国境警備隊長アリ

＊チャイハナ（70頁）……直訳では茶の館。しかし街道筋では宿を兼ねる。レストランでもある。

＊クチィ（71頁）……アフガニスタンの季節移動民。高地（夏期）三ヶ月、移動三ヶ月、低地（冬期）三ヶ月、高地への移動三ヶ月……、を基本パターンとした移動生活者達。

＊ルンギィ（72頁）……アフガニスタンの男性が用いるターバン。上等なものは絹のこともあり、長さ七、八メートル、幅一メートルといったルンギィもある。一般に棉〈286頁の図参照〉。

＊ツァーダル（74頁）……パシュトゥ語で、シーツ状の多目的覆衣、またはヴェールを指す〈286頁の図参照〉。

II

太鼓叩きの帰郷

＊ジルバガリ（78頁）……陶胴の小太鼓。高さ三十センチ程の広口の花瓶と見まがう。瓶なら底にあたる、広

い方の口に羊の生皮を張り、一方の口は開いたままである〈286頁の図参照〉。
＊ナイィ（78頁）……小型木製のタテ笛。リードは無い〈286頁の図参照〉。
＊ミナレット（81頁）……モスクに附属する、人々に祈りの時を告げるための尖塔。

ファティマの春

＊ナウ・ルズ（82頁）……直訳では「新しい日」。ペルシャ太陽暦に従う、新年と春を祝う日で、現行暦では三月二十一日。イスラム以前からの祭、と考えられる。
＊ミュゼ・ギメェ（83頁）……在パリの東洋美術館。マルローがもたらしたクメール仏教の逸品や、アッカン、フーシェ等を初めとするフランス考古学局がもたらしたアフガニスタンの古美術品他のコレクションを蔵している。

孫の埋葬

＊ラマダン（86頁）……ペルシャ語ラマザンのアラビア語音。一般に断食と訳されているが、日の出から日没まで、一切の飲食を断つ他に、性交や意図的な射精、たばこや歌舞、金銭欲までも自主的に禁止、禁欲と解釈した方が正確である。太陰暦第九月ラマダン月の三十日間、全イスラム教徒に課せられる苦しい義務で、太陰暦は毎年十一日弱前にずれるため、年によっては暑い盛りのラマザンとなる。断食禁欲に入ると、昼間、人々はいら立ち、あちこちで喧嘩が見られる。口の中はねばつき、喉が痛む。病人や幼児、妊産婦や旅行者は義務を免除される。イスラム諸国でも、時の権力によって、この義務は強制的であったり個人の意志にゆだねられたりで、相当の差が見られる。いずれにしろこの月に入ると、人々はお互い監視し合い支え合って昼間の苦しみをしのぎ、日没後の食事を待つ。近代工業化社会を目指すイスラム国では、労働者の生産力が低下すると考える人々と、宗教最優先の人々との間に、ラマダンの功罪をめぐる議論が激しい。しかし、少なくとも心身の健康のためには実に良い行事で、それぞれの慾の確認にもなる。月が改まる日は計算で先々まで判る筈なのに、イスラム圏では今日も、マッカで新月を確認した後世界に向けて放送される告知を待つ。人々は今日か、もしかして明日になるかとラジオから離れず、新月確認の放送をきくとあちこちの家から拍手や叫び声がきこえてくる。そして翌日の祭礼に備えて、皆は、晴着を用意し、御馳走の支度にかかる。
＊グルダラー・ストゥーパ（86頁）……花の谷の仏塔の意。カーブル州からローガル州に入り、パクティア州へ向う途中にある谷と、そこに残る仏塔。同名の仏塔がカーブル北方にも。
＊水簸（88頁）……水中で攪拌した粘土は、粒子の粗い部分から沈澱する。上部に溜る微粒子部分を採り、製

陶用とする。胡粉や葛粉製造など、古来各地で行なわれてきた微粒子採取の方法。

＊チェルム（88頁）……莨やハシッシュ吸飲の時、吸気が水中を通るように造った装置、その壺。水莨〈287頁の図参照〉。

ザッフリィの日向ぼこ

＊女達が生きてきた自室の暗がり（91頁）……それぞれの家族は、女部屋をもっている。それはおおむね、ぶ厚な泥壁の奥に、暗く在る。しかし、それを差別・迫害とばかりはいえない。住居の最も安全な所に女達を置く、という意味もある。

＊サンソウバイ（91頁）……青紫色の小花を無数につける丈一メートル程の、香り高い野草。パクティアなどの高地に自生。一種のラヴェンダーか。本語は、パクティアのパシュトゥンによる呼称。

＊クラァーン（93頁）……ムハムマドが天使ガブリエルの導きで神の啓示を受けて伝えた言葉をアラビア語で記録した、イスラムの聖典。ムスリム（イスラム教徒）にとってのクラァーンは、生命にも勝る、文字通りの聖典である。コーランは、西欧で誤った音の表記をしたのを日本が直輸入した結果で、マッカ→メッカ、ムハムマド→マホメットなども同様の結果である。

タロカンの鍛冶屋

＊ブズカシ（94頁）……語源は、ブーズ（山羊）とカシ（曳く、の語幹）による。アフガニスタン北部で、トルクメンやウズベクを中心に行われる騎馬のゲーム。実際には子牛を用いる。死者も珍しくない激しさである。

＊チャパンダーズ（94頁）……チャパン（外套）を纏う者、の意から、その姿が粋な、ブズカシの騎士達を指す。

＊鞍壺（94頁）……木枠に皮を張る鞍の、弾力を残した皮部分。

＊ハリジ（96頁）……外国人、を意味するが、ダヘリ（内国人）と対比する時、国籍というより、人々の社会の「内なる者、仲間」と「外なる者、異物」と、それぞれの社会に受け入れ得るか否かを測る上の言葉となる。

＊ガー・パイ（97頁）……馬や驢馬等奇蹄目の四肢の蹄は、その内側に蹄からの浸出物がたまり、腐臭の強い老廃物が白蝋状に固る。いうなれば、蹄の糞。

＊カラシニコフ（99頁）……旧ソ連、カラシニコフ氏の設計になる連射小銃。ＡＫ37ともいい、世界の紛争地域で、特にゲリラ戦で人々に重用され、氏の名が銃の名称となった。

母ハンジュイ

＊内戦（103頁）……国家の概念が薄い人々にとって、身内の争い、国内他民族との争い、それぞれに思惑が異なる。異民族や外国軍の侵入に対しては、特にパシュトゥンは、身内の争いを棚上げし、団結して戦う。

＊ジハッド（103頁）……アッラーを冒瀆しイスラムの信仰を犯す者を討つため、と聖職者が判断して宣した戦いをジハッド（聖戦）というが、その戦士達をムジャヒディンとよぶ。ムジャヒディンが戦場で仆れた時はシャヒダン（殉教者達）として扱われ、天国が約束される。

＊ジルガァ（103頁）……パシュトゥン部族世界の最高決定機関。長老会議。ただ、村単位、同部族内の支族間の紛争解決等にも召集されるので、その規模は、国会レベルから地域単位まで貌々である。

＊フジアニ系パシュトゥン（103頁）……カーブル南方、ガズニへ伸びる平地に生きるパシュトゥンの大部族。勇猛な戦士集団ながら、カンダハルの諸族のような政治力には欠ける。

＊支々族（104頁）……アフガニスタンの主流民族パシュトゥンは、強力な部族社会で構成され、各部族それぞれ支族（クラン）に分かれ、その下にサブ・クラン（支々族）、またその下のサブ・サブ・クラン……、と枝分かれする社会をつくっている。

＊遺体のほんの一部（104頁）……パシュトゥンは、戦いに出た折、仆れた仲間の遺体は、たとえ一部であっても、可能な限り故郷へ持ち帰ることを努める。かつてパクティアで、彼等のいう「胴体の一部」が帰郷、両掌で抱え得る大きさの白布に包まれた遺体を七、八人の男達が囲んで坐った通夜を体験したが、その静けさに圧倒されたものだった。

Ⅲ

砲刑

＊ワスカット（114頁）……チョッキ各種の総称〈286頁の図参照〉。

＊ザヘル・シャー（115頁）……アフガニスタン王政最後の王。一九七九年、無血のクーデターで退位、以後イタリアで生活。先頃帰国したが、復帰は望んでいない。

＊カンダハリ（115頁）……カンダハル州出身者、の意。カンダハル系パシュトゥン。

＊タンバン（117頁）……ダリィ語による下ばき。シャルワルと同じ〈287頁の図参照〉。

＊タール（117頁）……紐、の意。多くの場合、シャルワル（タンバン）に用いる二メートル以上の、編み紐を指す〈287頁の図参照〉。

聖天馬の願い

＊スンニー（121頁）……慣行（スンナ）を重要視し、シアーを異端とした時の正統を指したことから、スンニー派の語が生れた。イスラムの多数派。イラン、イラクでは少数派。

＊アイバク（122頁）……アフガニスタン北部の宿場町。トルクメンが多く住む。良馬を産するので有名。

＊ドゥ・タール（124頁）……「二弦」の意。アフガニス

タンの伝統楽器。どちらかといえば北部で愛され、単調な音で、共鳴も小さく、掻き鳴らしながら物語り風のバラードを唄うのに向いている〈286頁の図参照〉。
＊タパ（124頁）……ペルシャ語では「テペ」とも。平地に人工的に造られた丘の総称から、遺跡、遺構、ストゥーパ等もタパと呼ぶ。

ジャージィ・アリ・ヘルの屠殺者

＊パシュトゥンの律（127頁）……パシュトゥンワレイと称し、パシュトゥンの魂、ともいえる厳しい掟である。重要な三項「メーラマスティ（客人厚遇）」「ナナワティ（自領通過者保護）」「バダル（復讐）」を軸に百数十項目ある。特筆すべきは、男女の権利平等を定めていること。成文化されていないことから、その解釈と実践に問題があったり紛争が起ると、ジルガァ（長老会議）が召集される。

タリブジャン・ナジ

＊タリブ（133頁）……その複数形「タリバン」で人々に知られる。神学生の意。村のモスク附属のマドラサ（寺子屋、次項参照）レベルであっても、ムッラーについて神学を学ぶ者は、タリブと呼ばれる。
＊マドラサ（133頁）……地域社会の小モスク、小マスジッドに附く寺子屋的教育施設から、カイロのアズハルのような、世界的な大学までを総称する。

爪揚げ

＊蜜嚢（136頁）……ある種の蜂は、土中や泥壁の中に巣を造り、柔らかな嚢に蜜を蓄える。嚢の大小は蜂の種類にもよるが、直径数センチのものが多い。
＊マイン（137頁）……Mine。英語の「砿山」を原義として、「坑道」、そして坑道を拓いていく「爆薬」をも指し、地雷・水中機雷をも意味する。砿山に産する「砿石」Mineralは、ミネラルとして我々の良く知るところである。アフガニスタンでは、この語を知らない子供はいない。ちなみに、アフガニスタン、特にペシャワル難民地区の成人男子の誰もが知る言葉に「セクスィ」がある。「魅力的、色っぽい」の意味ではなく、我々のいう「アダルト・ヴィデオ・テープ」を指す。北欧製のノーカット、モザイクレスから、印度の肥満女性が全員レオタード姿で乱舞するエアロビクス講座のテープまで、全て「セクスィ」である。

マン・ジャネ・ハラーバタム（吾が邪悪の地）

＊ホダエ・パウマン（148頁）……ペルシャ語の「ホダァ・ハーフェズ」に当る、パシュトゥ語の「神と共に（行くように）」を意味する別れのことば。
＊援助物資の古靴を何日も漬けこんだ水槽（151頁）……かつてのアフガニスタンには、ユニセフを始め欧米諸国の援助団体からの中古衣料品や靴が山積みされ、それらはバザールで〝リフォーム〟されて新たな商品と

なっていった。特にヨーロッパの革靴、とりわけ子供用の靴は、水でゆるめて後整形し直し、人々に重宝された。

＊チャードル（ブルカ）（151頁）……ペルシャ語で、イスラム女性の全身をくるむ、ゆったりした衣服をチャードルと総称、アラビア語では、女性をくるむ黒衣をブルカという。民族、地域によって、それなりのファッション性もあり、この言葉も、人々と所を変えて様々に用いられてきた。ブルカ、チャードリ、ツァーダル等々、民族衣装といって良い程に形を成したものから、シーツ状の布で身を包むものまで、可能な限り身体を隠し肉体の線を見せないように、との目的についての語と考える方が正しい。カーブルの街で見られる女性の覆衣のみをチャードル、またはブルカと理解すると、農村に入ったり季節移動民に接した途端、彼等独自の覆い方に、言葉を見出せないことになる〈286頁の図参照〉。

＊サラハング（152頁）……一九六〇年代から一九八一年のその死まで、全アフガニスタンの大衆に敬愛された詩人であり、その詩作の唄い手。印度音楽とアフガニスタン南部の詠唱を融合させた、重厚なメロディー表現は、力強くかつ繊細で、抽象性の高い詩の内容と共に、一般の有名歌手とは格を異にする存在だった。

＊「ジャネ・ハラーバタム」（152頁）……サラハング作中最大の詩歌。人間の根源的な邪悪と、しかし、それを含めて生きる世界への讃歌として、自らの故郷カーブル、ショロ・バザールをテーマに唄った。

＊アルモニアム（152頁）……坐って演奏する箱形オルガン。印度系の楽器〈286頁の図参照〉。

＊カラクル（153頁）……アストラカンの名で知られる幼羊、特に胎内の仔羊のそれは、最高とされる毛皮の総称。それで造った印度系のコラァ（帽子）は、タジクの商人達に好まれ、アフガニスタン北部からカーブルの資産家や商人達が愛用。今日、カラクルといえば、その帽子を指す。パキスタン建国の父とされるジンナーの肖像もこれを被っている〈287頁の図参照〉。

＊バチャ・バーズィ（153頁）……「子供遊び」の意。美少女に仕立てた幼い男児を茶席にはべらせる。その背後には性的少年愛好の世界も控えている。

＊バズィンガル（153頁）……女装した、男性の職業的踊り子。結婚式等に招ばれることがある。また、かつては、チャイハナでショー・ダンサーとして踊りを見せる夜の世界もあった。

バチャ・サンギィ

＊カフィール（160頁）……ムスリム（イスラム教徒）の側から、異教徒・不信心者を意味して呼ぶ一種の蔑称。その土地をカフィリスタンと呼んだ。イスラム改宗前のヌリスタン（273頁「ヌリスタン」の註参照）は、そ

う呼ばれてきた。かつては我国に、クナールの奥に住む山人達（コヒスタニ）の民族名を、カフィール族、と専門書に記す学者もいた。

Ⅳ

雪下し

＊ローガン（164頁）……食用油脂。特に、羊の尻脂を指すこともある。

国境

＊ダリィ（168頁）……アフガニスタンで最も公用性の大きい、ファルスィ（ペルシャ語）の一種。古ペルシャ語の東部方言とされる。

職探し

＊スィンド（171頁）……パキスタン南部、インダス河流域に古来勢力をもつ人々。大地主を主体とした社会から、パンジャビや印度からの移住民と政治・経済の場で対立することが多い。ブット家は特に有名。

＊ガズィ・ハーン、デラ・イスマイル・ハーン（172頁）……ともにインダス河中流域、パキスタン側パシュトゥン居住地帯、部族長の名にちなむ地名。

＊バルーチ（172頁）……パキスタン南西部バールチスターンからアフガニスタン南部、イラン東南部にかけて古来住んできた民族。独自の言語をもつ。

＊パンジャブ（173頁）……インダス河に合流する「五河＝パンジュ・アブ」がつくる平原は、古来、豊かな土地であり、印パ分裂独立後も、双方のパンジャブ州は、農業生産と経済のいずれにも重要な存在であり続けている。

＊ウルドゥー語（173頁）……パキスタンの公用語。ペルシャ語、パンジャビ語、ヒンドゥー語を合わせて、ムガール朝下で完成した。軍隊（ウルドゥー）の、多民族性に対応するために生れた、と伝えられる。

ザリーフの絨緞屋

＊ズィア・ウル・ハク氏、ムシャラフ氏（178頁）……暗殺されたパキスタンの元大統領と現大統領。いずれも印パ分裂後の移住者（ムハジール）の軍人出身。

ペシャワル

＊ロヤ・ジルガァ（181頁）……アフガニスタンでは、憲法に優先するとされる、全土的に民族・部族の違いをも超越した、「大長老会議」が、折々の最高権力者によって召集され、国家レベルの問題を話し合ってきた。しかし、王政時よりそれは形骸化し、共和制以後今日までそれは益々形式のみに堕した、といわざるを得ない。

マンガルの族長ザイトゥン

＊マンガル（186頁）……パクティア州に住むパシュトゥン部族名。

露天商アリ

＊シャー・ファイサル・マスジッド（192頁）……アラビアのファイサル国王より寄贈された、世界有数の大マ

スジッド（聖廟）。近代的なデザインが、計画首都イスラマバードに良く似合う。

ウズベキ・ホスロー

＊ウズベク（196頁）……アフガニスタン北部からアムゥ河の北、ウズベキスタンにかけて住む、トルコ系民族。蒙古系との混血も多く、東方の顔がしばしば見られる。

＊マザーリ・シャリフ（196頁）……アフガニスタン北部、古都趾バルフの東にある、聖アリーを祠る廟を中心とした門前町。市郊外の平原で行なわれるブズカシ（騎馬戦）は壮大。

＊携帯電話（197頁）……一九九五年頃、進出著しく拡大中のタリバンに、アメリカの携帯電話会社は諸設備と電話機を売り込み、タリバンとラバニ政権がカーブルで初めて交戦した折には既に、携帯電話が普及していたという。

ギルザイのサブズィワラ

＊ギルザイ（201頁）……アフガニスタン南部カラトゥの砦に象徴される、尚武の大部族。誇り高く頑固。

＊サブズィ（201頁）……法蓮草のペースト状炒め煮を指す。本来は緑色の意。

＊ドゥラニ（202頁）……カンダハル・パシュトゥンの大部族。十八世紀から十九世紀初期まで勢力盛ん。一時は王朝をとなえた。

＊バラクザイ（202頁）……十九世紀半ば、ドゥラニ朝と換り、アフガニスタンの政権を奪う。ドゥラニと同じくカンダハルの大部族。

「殺せ、盗め、攫え！」

＊割礼仲間（205頁）……旧世界の大半、とりわけムスリムとユダヤ教徒は古来、男児の重要な成長儀礼のひとつとして、八歳から十一歳あたり、陰茎の包皮先端部分をリング上に切除する割礼を行なってきた。地域それぞれのムッラー等宗教指導者が行なう儀式と共に、床屋等刃物の扱いに慣れた人物によって執刀される。同年齢の少年達がまとまって、その恐怖と痛みに耐えながら、大人の仲間入りをする。その折の少年達は、単なる幼な馴染みを超えた仲間の意識をもつ。今日、衛生上の配慮もあり、誕生間もなく、病院で手術、という割礼が拡まっている。

＊ナグマ（205頁）……パシュトゥ語、ダリ語の両世界に絶大な人気をもつ、パシュトゥン出身の女優・歌手。トラックの背後にもよく描かれる。恋の歌から、アフガニスタン各地の美と誇りを歌詞にこめることで、国民歌手ともいえる、民族の違いを越えた支持をうけている。

＊メーマン・ハナ（206頁）……パシュトゥンの居住空間の外に、一棟、招待や接待を意味するメーマンを冠した部屋があり、外来の者は、そこで主人の接待を受ける。しかし、厚遇の為ばかりではなく、他者を生活の

場に決して入れない、防御の意味ももつ。

＊パキスタンが無い頃（207頁）……一九四七年の印パ分裂、そしてそれぞれの独立へと向った、パキスタン建国以前の時期。

＊ベンズィン（207頁）……アフガニスタンのモータリゼーションも、交通法規も、かつての英国嫌いの流れから、車の右側通行等も含めフランスを模範とした。そんな中、ガソリンも、ベンズィンと呼んだようである。

＊フーン・バハ（208頁）……「血の報酬」と訳される。パシュトゥン社会で、負傷も含め、「血」を見た出来事に問題が生じた場合、ジルガァ（長老会議）が招集され、金銭や家畜による、当事者が相互に納得する「報酬」が支払われる。また、この決定の規準になる多くの価格設定もされている。

V

光明の地

＊アマヌッラー・ハーン王（224頁）……一八九二～一九六〇。バラクザイ出身の王。英国からアフガニスタンの完全独立を獲得。国際的にも、アフガニスタンの認知に努め、国内的には、チャードル廃止他急進的な近代化を進めた。外遊中に部族の叛乱で王位は消滅。イタリアで没して後、カーブルに葬られた。今日も人気の高い王。

＊コイスタン、カフィリスタン（224頁）……紀元前三二七年ヒンドゥークシの〝山の者達（コーヒスタニ）〟が、アレキサンドロスのパンジャブ攻略に参加。戦い終えてアレクサンドロスにマケドニアへ誘われたが固辞して山へ還る。一三九三年、インド東征途上のティムール、〝山の者達〟を攻めて大敗、ジャラーラーバード近くへ少数の兵と共に戻り、生還したことを神に感謝、と記す。一九二〇年、西欧化を急ぐアマヌッラー王、航空機を用いて谷を平定、〝山の者達〟はイスラムに改宗、王は一帯をヌリスタン（光明の地）と命名。一九八〇年、旧ソ連軍、ヌリスタンをガス弾とナパーム弾で空爆。

＊ヌリスタニ（224頁）……前項、及び273頁「ヌリスタン」の註参照。

ラヒム・ガールの家族

＊六信五柱（230頁）……ムスリム（イスラム教徒）に義務づけられている六箇条の信と、その信仰行為上の五つの義務、「五行」ともいう。

六信＝①アッラーの存在②天使（マライカ）の存在③④を一般には、預言者ムハムマドと伝えられた啓示（典）クラアーンとするが、その背景には、アダム、スーフ（ノア）、ムーサ（モーゼ）、ダウド（ダヴィデ）、イサァ（イエス）等、ムハムマドに先立つ預言者と啓示、それに従った民の存在も含まれる。つまり使徒達と啓示の存在。⑤現世はやがて終末を迎え、その後に来る「来世」の存在。⑥既に神が定めている運命（定命）の存在。
五柱（五行）＝①信仰の告白②（約束に従った）礼拝③喜捨④ラマダ（ザ）ン中の断食（禁欲）⑤マッカ巡礼。

水運び人足ハキム

＊ブタァ（245頁）……高地に矮生する小灌木の総称。丈十センチに育つのに二十年、三十年を経ていて、山に生きる人々には貴重な燃料源。

ソーサケ・ハマーム

＊ダンダン（254頁）……「歯」の意。サンスクリット語の「ダン」に始まり、印欧語の全てに通じる。スパゲティの歯ごたえアル・デンテ、歯医者のデンティスト他、我々の知る語にも多く見られる。遺跡の泥の凹凸から、ダンダンを冠する地名は多い。

鳩寄せ

＊サーキィ（257頁）……オマル・ハイヤムのルバイヤート等にしばしば現れる、男性に奉仕するとされる妖精。
＊十二、三歳だった（259頁）……大半のアフガンは、正確な年齢を知らない。また、誕生日を祝うこともない。
＊カウタル・バーズィ、カウトゥラァ・マランディ（260頁）……「鳩遊び」の意のペルシャ語とパシュトゥ語。または、それを遊ぶ者。
＊ディワナ（260頁）……愚か者や狂った者への総称ながら、心の片隅に一部、愛おしむ感情を残している。馬鹿者、と吐き捨てるのではない。イスマイル派等、スーフィズムの傾向のある人々の間では、より明確に、アラビアのマジュヌンの如く、敬愛の情をこめる。そこには、世俗を離れ、神へ近づこうとする者が、現世的には愚者でしかないことを聖なる存在、と見ようとする心がある。

バビリィの塔

＊アムゥ・ダリヤ（266頁）……ワハンに発し、アラル海に注ぐアフガニスタン北部と中央アジアの間に流れる大河。ギリシャ名「オクサス」。ダリヤは、ペルシャ語で河川、の意。
＊イスマイル派（266頁）……八世紀にシアー派から分かれた神秘思想の強い一派。十二世紀、この派の強力な指導者だったハッサン・サバーフに率いられた集団は、ハシッシュ吸飲を日常とした暗殺行為と天国を思わせる独自の生活共同体をもち、「山の老人」の伝承を生み、それを十字軍やマルコ・ポーロがよりセンセーショナルに、神秘的な粉飾を加え、誇張して西欧世界へ伝えた。この一団は成吉思汗のモンゴル軍によって滅びたが、アラブ人達がハシッシュ狂いとよんだ仇名は、西欧諸語にアッサッスィン（暗殺）の語を植えつけた。
＊バビリィ（269頁）……バベルのアラビア語音バビルのペルシャ語形。バビロンを指す。

【トルクメン】
ワスカット
【パシュトゥン】
ツァーダル
【北方の人】
ルンギィ
チャパン
【クチィ】
【チャパンダズ(ブズカシの騎士)】

【楽器】
ジルバガリ
ドゥ・タール
ナイィ
アルモニアム

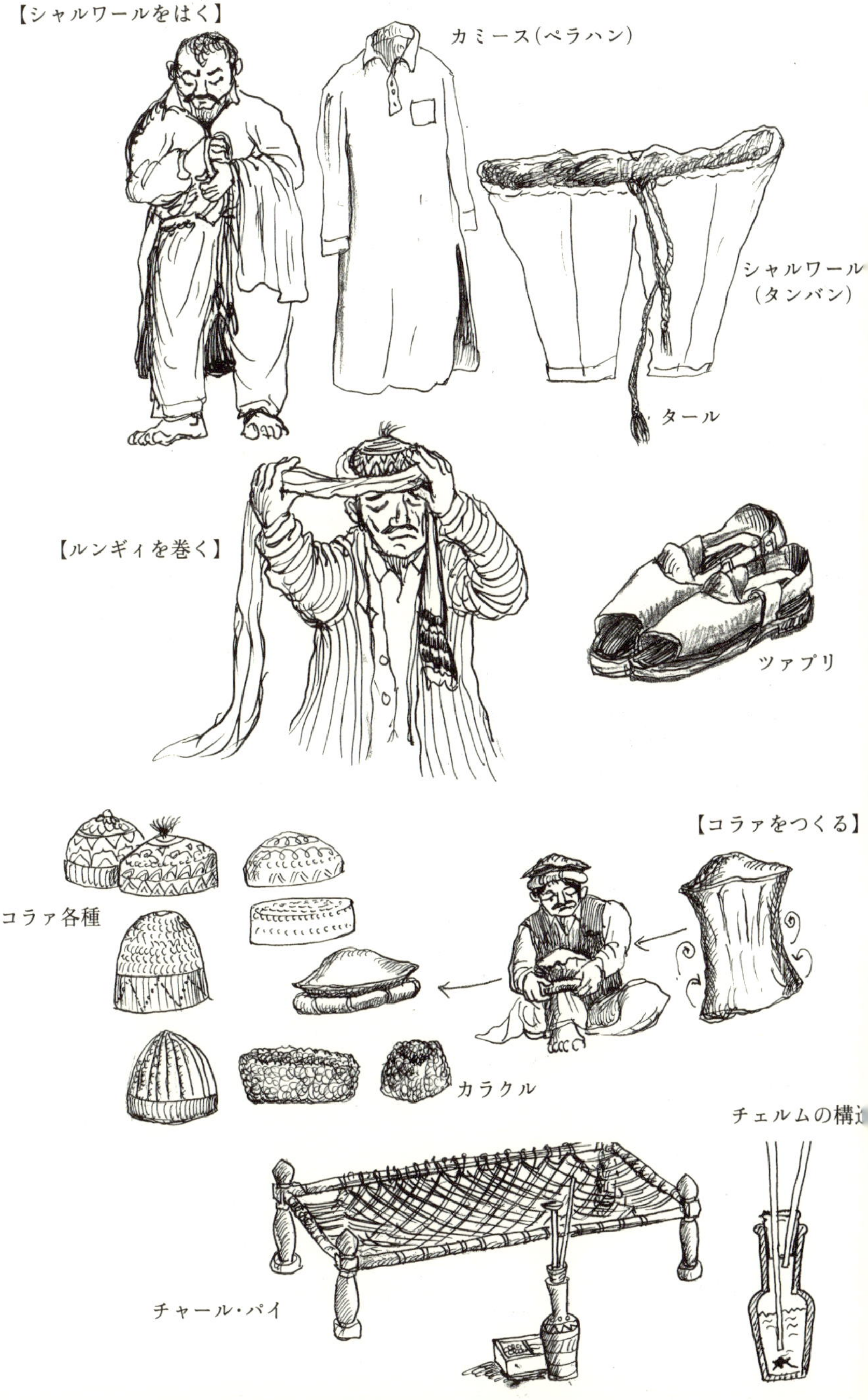
【シャルワールをはく】
カミース(ペラハン)
シャルワール
(タンバン)
タール
【ルンギィを巻く】
ツァプリ
【コラァをつくる】
コラァ各種
カラクル
チェルムの構造
チャール・パイ

アフガニスタンの若い兄弟、そして息子でもあるアミンへ

あとがきに代えて

先日ペシャワルで会ったジャージィ・アリ・ヘルの長老から、君がドバイでタクシーの運転手をやってる、と聞かされた時は、感無量だった。

一九六九年の秋、初めてアフガニスタンを訪れた私は、バーミヤーンで三十二歳の誕生日を迎えた。そこで、今は亡い父上と出会ったのだが、その頃父上は、カーブルのタクシー運転手達のボスだった。当時、君は、カーブル旧市街の路地裏で、下半身丸裸のまま、よちよちと姉さん達の後を追い泣いていた。今の君は、あの頃の私より年長なんだね。

七〇年代後半、王政から共和制、そして流血のクーデターと暗殺を繰返す政変、ソ連軍侵攻と続き、八〇年代君と会うのはいつも、コハトの難民居住区でだった。私が父上と共に、戦時のアフガニスタンへ向う時、自分もムジャヒディン

として行く、と瞳を輝かせる君を、来年まで待て、と父上は同行を許さなかった。

二十一世紀に入ってもアフガニスタンは、戦乱と飢えの中にある。その原因の大半が、自由・平等・平和の語の下に進む欧米の強慾に根ざすことを、着弾の地響きの中に君達は、本能で見抜く。

アフガン達の精神は何故強いのか。以前も書いたことがあるが、君達が精神の中心に、核を保持しているからだろう。信を識るからだろう。君達は、高々と眼に見えない世界に生命を置いている。私達のそれは、軽くてすけすけなんで、手で触れ得る低所に置くしかない。品性卑しくなるわけだ。

今度君がドバイから戻り、私がそこにいれたら、インシャ・アッラー、コハトの父上の墓で共に祈りましょう。アラビア・ドバイでの日々、呉々も気をつけて。ムハムマド家の男は、もう君一人なんだから。

神と共に。ホダエ・パウマン。


アフガニスタンが、欧米の野卑な力に蹂躙される度、益々、高潔に在るアフガン達の魂の存在に打ちのめされ、たじろがされる旅を重ねて今日に到る。

一九八〇年代半ば、中村哲医師を主軸とするペシャワルを基点とした医療活動と、その活動を支援する「ペシャワール会」を知った。会報の編集はもとより、支援活動の全てに情熱を注ぐ福元さんの知遇を得たのも同じ頃である。そして、会報の表紙を描く名誉な機会を頂いた。痛みと輝きに充ちるアフガン達の喜怒哀楽の一端でも描ければ、と思った。その何年か後、福元さんは、絵に籠める思いを綴ってみては、と会報中の一コーナーを下さった。そして、十数年を経た。

この度、それ等をまとめましょう、とのお話は私を狂喜させ、また不安にもした。

「ディワナ」を私なりに解釈した「聖愚者」の語は、以前から抱えていた。しかし、それを描きまた書く作業は、賢者と愚者の区別さえさだかでない自分の発見を重ねつづけた。

確かなのは、「聖愚者達＝ディワナ」は、形而上世界に生きる無敵の存在であり、私達凡庸なる愚者はその対極、形而下に生きる弱い者達、ということである。

最初四十という篇数を望んだ。深い意味はない。イスラム世界ではこの数字を、豊かで嬉しい数と考える。「アリ・ババと四十人の盗賊」は、誰もが知る例である。アフガニスタンにも「四十人の姫の砦」「四十柱の間」等々、四十を意味するチェールを冠した地名がいくつもある。

「聖愚者」は、私の中に居坐り、しかし定かな姿を見せず、思いばかりが先立った。会報に関わったものを添削、新たに綴った物語を加え、気づくと四十篇を上廻っていた。挫けそうになると、福元さん、藤村さん、中津さん、石風社をあげて、叱咤して下さった。本になるプロセスの全てについて、皆さんに心から感謝します。そして、とても幸福です。今後もアフガニスタンとそこに生きる全ての人々が、甘えた自己満足や幼く感傷的な錯覚に支えられた価値の押しつけに屈せず、「アザディ・バー・ホシュ・アフガニスタン」、アフガニスタンによる名誉ある自由を克ち獲ることを信じます。彼等への永遠の兄弟愛と深い感謝を籠め、神の御恵みを。

アッラーフ・アクバル。

二〇〇三年初夏、福岡・福間町にて

A・I・U・R　甲斐大策

聖愚者《せいぐしゃ》の物語

二〇〇三年九月二十日初版第一刷発行

著　者　甲　斐　大　策

発行者　福　元　満　治
発行所　石　風　社
福岡市中央区渡辺通二―三―二四　〒810-0004
電　話　〇九二（七一四）四八三八
ファクス　〇九二（七二五）三四四〇
印　刷　正光印刷株式会社
製　本　篠原製本株式会社

＊表示価格は本体価格（税別）です。定価は本体価格＋税です。

甲斐大策
生命《いのち》の風物語　シルクロードをめぐる12の短編

苛烈なアフガニスタンの大地に生きる人々。生と死、神と人が灼熱に融和する世界を描き切る神話的短編小説集。「読者はこの短編小説集に興奮する私をわかってくれるだろうか」（中上健次氏）

一八〇〇円

甲斐大策
シャリマール　シルクロードをめぐる愛の物語

イスラム教徒でもある著者による、美しいアフガンの愛の物語。禁欲と官能と聖性、そして生と死の深い哀しみに彩られた世界が、墜落感にも似た未知の快楽へと誘なう中編小説集（泉鏡花賞候補作）

一八〇〇円

甲斐大策
餃子ロード

旧満洲、北京、ウィグルからアフガニスタンまで、三十年以上に亘り乾いたアジアを彷徨い続ける著者が記す、魂の餃子路。「今年のベストテンを選べば、どうしても上位に入ってくる」（五木寛之氏）

一八〇〇円

甲斐大策
神＊泥＊人　アフガニスタンの旅から

移動の民クチィ／チャイの心／ターコイズ・ブルー／ハシッシュ…移動民の血に魅かれつつ二十年以上にわたりイスラム世界を彷徨い続ける画家が、アフガニスタンの人々との深い関わりの中で、自らの魂の古層を問い返す

一八〇〇円

甲斐大策・甲斐巳八郎
アジア回廊

茫々たる中国大陸（旧満洲）に生きる強靭な生を畏れとともに描いた巳八郎。深々としたアフガンの風土に魅入られその深奥を描かんと彷徨する大策。強烈な個性をもつ画家父子のアジア回廊巡り

二〇〇〇円

中村　哲
辺境で診《み》る　辺境から見る

「ペシャワール、この地名が世界認識を根底から変えるほどの意味を帯びて私たちに迫ってきたのは、中村哲の本によってである」（芹沢俊介氏、「信濃毎日新聞」）。戦乱のアフガンで、世の虚構に抗し黙々と活動を続ける医師の思考と実践の軌跡

（2刷）一八〇〇円

中村　哲

医者 井戸を掘る　アフガン旱魃《かんばつ》との闘い

＊日本ジャーナリスト会議賞受賞

「とにかく生きておれ！　病気は後で治す」。百年に一度と言われる最悪の大旱魃が襲ったアフガニスタンで、現地住民、そして日本の青年たちとともに千の井戸をもって挑んだ医師の緊急レポート

（8刷）一八〇〇円

中村　哲

医は国境を越えて

＊アジア太平洋賞「特別賞」受賞

貧困・戦争・民族の対立・近代化——世界のあらゆる矛盾が噴き出す文明の十字路で、ハンセン病の治療と、峻険な山岳地帯の無医村診療を、15年に亘って続ける一人の日本人医師の苦闘の記録。

（5刷）二〇〇〇円

中村　哲

ダラエ・ヌールへの道　アフガン難民とともに

一人の日本人医師が、現地との軋轢、日本人ボランティアの挫折、自らの内面の検証等、血の噴き出す苦闘を通して、ニッポンとは何か、「国際化」とは何かを根底的に問い直す渾身のメッセージ

（3刷）二〇〇〇円

中村　哲

ペシャワールにて　癩《らい》そしてアフガン難民

数百万人のアフガン難民が流入するパキスタン・ペシャワールの地で、らい患者と難民の診療に従事する日本人医師が、高度消費社会に生きる私たち日本人に向けて放った、痛烈なメッセージ

（8刷）一八〇〇円

丸山直樹

ドクターサーブ　中村哲の十五年

「真実を、その善性を、中村は言葉で語らない。ただ実行するだけである」（本文より）。パキスタン・アフガニスタンで、年間二十万人の診療態勢を築き上げた日本人医師の十五年の軌跡を活写するルポルタージュ

（3刷）一五〇〇円

土本典昭〔編〕　土谷遙子〔解説〕

アフガニスタンの秘宝たち

カーブル国立博物館１９８８

１９８８年、内戦のさなか、映画制作の過程で奇跡的に撮影されたシルクロードの遺産。失われたシルクロードの秘宝多数を収めたポストカード・ブック（絵葉書24点収録・解説附）

＊高岩仁・外山透（撮影）　一五〇〇円